• Book 2 •

THE KEEPERS

City of Lies 謊言之城

博物館之賊2

LIAN TANNER

蓮恩・塔納——著 周倩如——譯

梅恩城王儲芙西亞公主的古老傳說充滿神秘色彩，歷史上有一度大家都以為那只是騙小孩的童話故事。如今不用說，已經變得遠近馳名，因為這個傳說在鄧肯博物館第五位管理員，歌蒂・羅絲的人生中扮演了非常重要的角色。

芙西亞公主是一名戰士，也是優秀的弓箭手和劍士，以及天生的領袖。她住在當時可謂全世界最危險的地方之一：梅恩城宮廷。

那段日子裡，宮廷充斥各種邪惡陰謀，而當中的主謀就是國王的御用醫生，一名野心勃勃的女人。她在暗中資助叛軍軍閥葛雷夫・馮・內格爾，並藉著幾名皇家衛兵的幫助，多次企圖刺殺芙西亞和她的父王。

芙西亞度過那些陰謀倖存下來後，帶領一支小型軍隊對抗馮・內格爾和他的追隨者。後人始終不清楚緊接而來的那場戰役究竟是哪一方獲勝。有些人說馮・內格爾被打敗了，慘遭芙西亞一劍刺進心臟而亡。有些人則說死亡的是公主，說她的屍體被那些站出來與她並肩作戰的野獸給拖走。

沒人知道御醫發生了什麼事。

1 博物館捎來的訊息

尖叫聲驚醒沉睡中的歌蒂．羅絲。她坐直身子，一度以為自己回到了六個月前的那些可怕事件，璀璨城差點遭到入侵，好朋友阿沫差點在她面前死去。

接著，她聽見隔壁房間傳來媽媽的微弱嗓音，知道爸爸又做惡夢了。她溜下床，披上長袍，急忙趕到爸媽房間，「爸？」她說，「你還好嗎？」

爸爸從一團棉被後方虛弱地抬頭對她微笑，「抱歉把妳吵醒了，親愛的。」他喃喃地說。

「爸爸做惡夢了。」媽媽說，「可是現在已經沒事了。」她跟著微笑，雖然她的指節泛白，手指也不停顫抖。

歌蒂看他們努力粉飾太平的模樣，心不禁一陣刺痛。她將棉被攤平，替爸爸蓋好，希望自己能夠多做點什麼。

「你又夢見懺悔之家了嗎？」她說。

爸爸縮了一下。他和媽媽看著對方，排山倒海的痛苦和悲傷穿過兩人之間。

當初爸媽被丟進懺悔之家的地牢，到現在已經超過十個月的時間。他們從未告訴歌蒂在那兒發生了什麼事，但是她看得出來遺留下來的創傷。

爸爸時常做惡夢，媽媽不停咳嗽，聽起來彷彿要咳破肺部似的。兩人骨瘦如柴，而且就連現在已經被釋放許久，他們仍然看起來滿臉倦容，好像體內有東西在侵蝕著他們。

歌蒂希望他們可以和她聊一聊，但他們總是絕口不提，反之會嘆口氣，然後轉移話題。

「親愛的，有——有一封給妳的信。」爸爸說完，掙扎地想要坐起來，「我放到哪兒去了？是鄧特博物館寄來的。」

這一次，換歌蒂縮了一下，不過她掩飾得很好，爸爸並沒有注意到。回憶如潮水般湧上心頭。全身沾滿泥巴的阿沫對她轉過頭來，開始哈哈大笑。溫熱的狗舌頭掃過她的臉頰，低沉的聲音說著：「妳就像暴風犬一樣勇敢——」

歌蒂努力把自己拉回現實，爸爸笨手笨腳地拿起放在床頭櫃的一張紙，「在這裡，」他皺了皺眉頭，「是丹先生和歐嘉．西亞佛嘉寄來的，他們好像希望請妳去當第五位管理員！」

鄧特博物館的第五位管理員……歌蒂內心那份熟悉的渴望，突然強烈升起，她差點無法呼吸。

她什麼也沒說，但是爸爸肯定看見了她臉上流露的渴望，「妳——妳想要當第五位管理員嗎，親愛的？因為——」

「因為如果妳想這麼做，」媽媽插嘴說，「我們不會阻止妳。」

「絕對不會阻止妳！」

「只是——」

「只是這件事實在責任重大，」爸爸說，「我們擔心妳會承受不住。」

「而且——」媽媽緊緊抓住歌蒂的手，「而且妳還得經常離家。」她開始咳嗽。

歌蒂輕拍她的背，盡量不去想鄧特博物館，不去想自己有多麼——多麼多麼——想要成為第五名管理員。

「當然了，」爸爸咬著嘴唇說，「丹先生和歐嘉．西亞佛嘉有可能真的需要妳的幫忙。如果是這樣的話——」

「如果他們需要妳，那妳千萬不要猶豫。」媽媽說。她想要放開歌蒂的手，但似乎做不太到，「我和妳爸爸早些時候討論過了。」

「是啊，」爸爸說，「我們都同意了。如果他們需要妳，那麼妳一定得去！」

歌蒂簡直看不下去。爸媽正在盡力想要表現公平，但是她看得出來他們有多痛恨讓她離家，就算是一下子也不願意。

因此，她強迫自己不讓語氣中流露出一絲渴望，接著說，「他們並沒有真的需要我，他們已經有西紐和阿沫幫忙了。」

爸爸皺皺眉頭，不知道該不該相信她，「妳確定嗎？」

「妳不是因為我們才留在家裡的，是吧？」媽媽仍緊緊握著她的手說，「妳千萬不要這麼做，我們希望妳快樂。」

溫熱的狗舌頭掃過她的臉頰——

歌蒂微微一笑，「我很快樂。」她說。歌蒂是訓練有素的騙子，說起謊來就像是真的一樣。

❖

她坐在爸媽身邊，直到兩人再次沉沉睡去，接著她躡手躡腳回到房間，披上罩衫、羊毛長襪和外套，偷偷溜出前門。

十個月其實不算一段很長的時間，但是對歌蒂而言──她正匆匆走過安靜的舊城區，往阿沫家的方向前進──卻彷彿一輩子這麼長。十個月前，她戴著一條銀色守護鏈，那條鏈子無時無刻將她繫在父母親或神聖護法身邊。她從未單獨去過任何地方，簡直像個嬰兒般無助。

但是後來，她逃了出去，躲進鄧特博物館。接下來，待在那裡的幾個月內，她成長了，不僅如此，她還練就了一身偷竊和說謊的本領。她學會了藏匿術三部曲、第一首歌，以及在恐懼萬分之際，靠著鋼鐵般的勇氣去行動的能力。

這些課程滿足了她內心深處的某些需要，博物館很快就有了家的感覺，唯一欠缺的是爸爸和媽媽，他們當時被關在懺悔之家，遭到神聖護法的領袖──首輔所監禁著。

他們為什麼會遭到監禁呢？

歌蒂轉個彎來到炮艇運河上方，「都是因為我。」她低聲說。

十個月前，在璀璨城裡，逃家視同犯罪。雖然首輔抓不到歌蒂，但是最簡單的辦法就是把爸媽拉下床，拖到七福法院前面。他們在那裡受到審判，最後因作為一名罪犯孩子的父母而被判刑。

都是我的錯，歌蒂心想，發生在他們身上的所有事情都是我的錯。

這天傍晚剛下過雨，炮艇運河旁的小徑泥濘濕滑。歌蒂在阿沫家門外停下腳步，深吸一口氣，高舉一顆石頭丟向窗戶，然後溜回陰暗處等待。

歌蒂告訴爸媽鄧特博物館不需要她，是她說了謊，博物館確實需要她，需要她幫忙守護躺臥在城牆之間的危險秘密。

但是爸媽也需要她，她不可以就這樣離開他們。

她握住別在衣領上的陶瓷胸針——這只胸針曾經屬於她那失蹤已久的佩斯阿姨，然而展翅的藍色小鳥沒有帶給她任何慰藉。

爸爸以為鄧特博物館僅僅捎來了一封信，他錯了，過去幾個月內，歌蒂收到了超過一打的信，每封信都在問她何時可以接管第五名管理員的職位。

今晚，她將做出回覆。

永遠不會。

2 綁架孩童的壞蛋們

「永遠不會？」阿沫不敢置信地說。

歌蒂嚥下一口口水。她知道這件事難以啟齒，但是真的說出口甚至比預期還要困難，「沒錯，永遠不會。」

歌蒂說話的同時，背脊突然一陣不寒而慄。她回頭，看見一個小小人影迅速彎腰，消失於視線之外。有人在跟蹤他們。

阿沫沒有注意到，「可是妳想當第五名管理員，」他說，「我知道妳想！」

「是沒錯，可是——」

「是什麼阻止了妳？」

「我跟你說過了！我爸媽——」

阿沫匆匆打斷她，「除了我以外，已經好幾百年沒有新的管理員了！妳怎麼可以毫不考慮就放棄像這樣的大好機會？」

「我沒有毫不考慮就放棄——」

「有，妳有！看啊！」阿沫在她面前揮舞著左手臂，「沒有手銬，沒有守護鏈！我們已經擺脫這些東西了！我們應該自由自在，可是現在妳——」他說到一半停下來，氣呼呼地瞪著她，

「這實在太蠢了！」

歌蒂感到很受傷，朝他瞪了回去，「你不明白！」阿沫開始擺起臭臉。歌蒂納悶自己當初為什麼要費心叫醒他，她已經幾個月沒有見到他，老早忘記他有多討人厭，早知道應該直接去博物館才對。

這時，她腦中的聲音低聲說，但是他說得沒錯，妳註定成為第五名管理員，這是妳的宿命。

歌蒂不理會腦中的聲音，就像她不理會阿沫一樣。她不能離開爸爸媽媽，沒什麼好說的。

前往博物館的路上，兩個孩子繼續生著悶氣。歌蒂見街上空無一人——除了仍在後方偷偷尾隨他們的人影之外。

然而，當他們穿過老奧森納橋，準備上山前往博物館的時候，迎面而來的沉重腳步聲打破了寧靜。歌蒂停下腳步，頓時心神不寧。這些腳步聲聽起來帶有威脅，如果只有她一個人的話，她老早溜進附近人家，等到神秘人物離開為止。

但是，阿沫的臭臉就像一種宣戰。

歌蒂知道，他希望我躲起來，於是她挺起胸膛繼續往前走。

腳步聲越來越響亮，登山靴撞擊著圓石地面。透過煤氣燈的光線，歌蒂看見兩個身穿防水長大衣的男子自路中央大搖大擺走過來。一個是頂著雜亂金髮的大塊頭。另一個身形較小，臉卻像魚鉤一樣削瘦，經過兩個孩子身邊時，不停盯著他們看，就像垂涎小肥羊的屠夫。

歌蒂的頸背掠過一陣恐懼，不過臉頰削瘦的男子凝重地看過他們一眼之後，似乎就失去了興趣。他和同伴大步過橋，消失在黑暗中。

阿沫的眉頭越皺越緊。歌蒂的恐懼轉為憤怒，她回過身大喊：「妳現在可以出來了，邦妮。」

橋墩方向傳來一記驚呼聲，接著一個深髮小女孩從煤氣燈下走出來。她手中拿著一把老式長弓和一筒箭，睡衣下襬在外套底下若隱若現。

阿沫目瞪口呆地看著他的妹妹，「妳在這裡做什麼？」

邦妮將下巴抬得高高的，「我要跟妳一起去博物館。我從家裡一路跟著你過來，你都沒有發現。」

「我當然有發現。」

「你沒有，否則你早就把我送回去了。」邦妮咧嘴一笑，「歌蒂有一度差點看見我，還好我及時躲了起來。」

「接近公車站的時候，」歌蒂說：「妳滑了一跤。」

邦妮的臉垮了下來。阿沫氣呼呼轉向歌蒂，「妳知道她在跟蹤我們，卻沒有告訴我？」

歌蒂只是聳聳肩，怒氣未消，「她又不會碰上什麼危險，有我們在呢。」

「就算我只有一個人，也不會有事的。」邦妮說著舉起長弓，「我有武器。」

「妳有可能會射到自己的腳，」阿沫說，「妳從哪裡弄來這東西的？」

「歐嘉・西亞佛嘉給我的，她說我對射箭有天分。她說有一天我會像芙西亞公主一樣，成為一流的弓箭手。」

阿沫看起來一臉茫然。

「你知道的，梅恩城的公主戰士。」邦妮說，「博物館有一幅她的畫像。五百年前她曾經住在這裡，個性非常勇敢。有些刺客企圖用毒氣暗殺她的父王，而她救了他。她是舉世所見最優秀的弓箭手，我要變得跟她一樣。我一直在練習。」

阿沫翻了翻白眼，「妳是個害人精，邦妮。我敢說妳離開前把爸媽吵醒了。」

「我才沒有！」

「我們必須帶妳回家——」

「我們沒有時間了，」歌蒂插嘴說，「我們必須快點趕到博物館。」

「如果我們在路上遇到敵人，」邦妮說，「我可以射他們。」

阿沫不屑地哼了一聲，「我敢打包票，妳連一棟房子的牆邊都射不到。」

「我可以，我可以射——」邦妮東張西望，「我可以射中那根木杆，橋對面的煤氣燈柱。如果我射中了，你會讓我跟你們走嗎？」

「不——」

「好。」歌蒂說，「如果妳射中了，妳就可以跟我們走。」

阿沫咧嘴一笑，「看樣子妳要回家了，是不是啊，邦妮兔？」

他妹妹得意地笑了笑，「你只有覺得自己要輸的時候，才會這樣叫我。」

「別鬧了，你們兩個。」歌蒂說，「邦妮，快開始吧。」

邦妮從箭筒拿出一支箭，小心翼翼擱在弓上，之後一個轉身，站到煤氣燈的側面。她張開雙腿，指間緊緊扣住箭尾，接著右手臂往後拉，讓右手貼在臉頰旁邊。準備完成後，她舉起長弓，又稍微再放低一些。

有那麼一刻，四周萬籟俱寂，突然邦妮的手指抽了一下，弓弦發出咻一聲，箭飛過橋的另一頭，牢牢插進柱子中。邦妮滿意地嘖嘖稱好，放下長弓。

阿沫瞪大雙眼，「這不過是僥倖。」

「你要我再做一次嗎？我可以，連續十次都沒問題。」

「不必了，」歌蒂說，「這樣就行了，妳可以跟我們走。」

「等等，讓我去拿我的箭。」邦妮說。歌蒂還來不及阻止她，她就跑過橋的另一頭。

阿沫往前走，準備追上她，「我要帶她回家。」

「不行，」歌蒂說，「你答應過她了。」

「不，是妳答應過她了，我從沒說過她可以跟我們走。」

「別那麼固執，你知道她會沒事的。」

「是嗎？」阿沫氣憤地提高音量，「我很慶幸妳那麼肯定，但是話說回來，妳對她沒有半點責任，對吧？」

「是沒有，可是——」

「這個嘛，我有。我說她必須回家。」他回頭大喊，「妳聽到了嗎，邦妮？妳給我回家。」

「可是為什麼呢？」歌蒂也開始大聲說話，語氣伴隨著沮喪。今晚眼看就要結束，照這種速度她根本到不了博物館，這也意味著明晚或者後晚，她必須再次留下爸媽兩人。

「因為她還太小，」阿沫說，「她才十歲。」

歌蒂不可置信地搖搖頭，「你只是像往常一樣，希望事事都照你的方式進行。別指望你帶她回家的時候，我會在附近等你。」

「誰要妳在附近等我了，我可沒有。」

「好，那我走。」

「好極了！」

兩人面面相覷，互相怒視了好一會兒，接著歌蒂轉身，跺腳爬上山。她身後傳來小石子滾過地面的聲音，有人用力踢了石頭一腳。

哈！歌蒂心想。如果他現在就發脾氣，等等一定會更糟。她稍微慢下腳步，等待邦妮發聲抗議。

然而她聽見的卻是阿沫的聲音，在夜空中如玻璃般脆弱，「歌——歌蒂？」

她轉身。阿沫站在橋的盡頭，盯著地上的某樣東西。

夜晚突然變得加倍冷冽。隨著胃一陣翻攪，歌蒂衝下山，過了橋。就在那兒，在煤氣燈赤裸裸地照射下，她見到阿沫正在盯著看的東西。

邦妮的長弓孤零零地扔在路中央，箭筒丟在一旁，箭像麥穗散落一地。其中一支箭上沾著血跡。

邦妮就這樣失去了蹤影。

3 前進碼頭

阿沫臉色蒼白，歌蒂以為他就要昏倒了。她覺得全身發寒，但還是強迫自己仔細檢查那支血箭的周遭狀況。

「我想這不是邦妮的血。」歌蒂低聲說，指著泥地的痕跡，「有兩個男人。看到他們奔向邦妮的鞋印了嗎？他們嚇了她一跳，看她拖著腳走路的方式。」

她說到一半突然停住，想起大搖大擺經過他們身邊的男子。那兩人肯定是由原路折返回來，發現原本躲起來的邦妮跑了出來，於是在旁伺機等候，等到邦妮靠得夠近了再抓走她——與此同時，本該照顧她的歌蒂和阿沫，卻對著彼此大聲咆哮。

歌蒂用力嚥了一口口水，繼續研究地面，「我——我想她用箭刺傷了其中一人，那是男人的血。還有，看啊，另一人把她抱了起來。你可以看到她的腳印在這裡停了下來，而男人的腳印踩得重了些，好像舉起了某樣東西。那兒，他們往那兒走了。」

他們忘記剛才的爭吵，開始走遍漆黑的璀璨城，追蹤兩名男子的下落。歌蒂看見阿沫的步伐恢復穩定，不禁鬆了口氣。不過他的手中緊緊握著弓箭，表情有種歌蒂從沒見過的冷峻。

兩人好幾次追丟鞋印。以他們的能力而言，只有辦法追蹤看得見的東西，但月光和煤氣燈總是不夠明亮，有時候鞋印會突然消失得無影無蹤，他們只得四面八方到處搜尋，直到發現新的泥漬，或踢到一旁的小石子。

要不出錯實在困難。有一次，他們跟錯了人，走了將近三條街才匆匆忙忙回頭。那次之後，歌蒂向阿沫借了瑞士刀，在小樹枝劃上刻度，標示鞋印的長寬，免得再被誤導。

他們追蹤兩名男子的途中，經過大禮堂遺址的空地，經過室內市集，又經過懺悔之家遺留下來的殘垣破瓦，最後看見在黑暗中隱約浮現的倉庫和重新整修過的防洪堤。防洪堤保護著璀璨城免於海水的侵襲，而在它後方升起的則是一根根的船桅。

「是碼頭。」歌蒂低聲說。這是她超過半小時以來第一次開口說話，聲音在耳邊聽起來甚是奇怪。

鞋印領著兩個孩子來到一座老舊的木製碼頭，許多漁船首尾相連停泊在這裡，漁網紛紛掛在船邊曝曬，用來捕龍蝦的籠子在甲板上堆得老高。南邊飄來薄霧，到處都瀰漫著海草味和魚腥味。

歌蒂聽見海水拍打著腳下的木樁，又聽見木造船身緩緩發出的嘎嘎聲。在某個地方，鐵鏈晃了一下。灰色花貓像一陣煙似的衝出來。鐵鏈又晃了一下，這次聲音非常靠近。

兩個孩子退到陰暗處，在對面細細打量那艘船。那船又小又笨重，單根船桅高高直立，後方還有個船艙，粗網懸掛在一旁，引擎邊震動邊噴出濃煙，後來便穩定下來。

蒸氣嘶嘶作響，引擎吃力地發動起來。

阿沫用手指戳了戳歌蒂，「是他們，」他低聲說，「一定是。」

他說話的同時，引擎發出了更低沉的聲音。海水開始起漩渦，水花潑濺著木樁。船桅微微顫抖，接著船緩緩駛離碼頭。

現在已經沒有時間納悶到底是不是那艘船。歌蒂和阿沫衝到碼頭邊，撲向那逐漸拉大的間隙。距離有點遠，歌蒂差點沒能成功。她碰到漁網，手一滑，再試一次。她的右手慌張得東摸西找，左手死命抓著，雙腳在半空中又踢又蹬——

然後，就在她以為自己要掉下去，被暗潮洶湧的冰冷海水吞噬的時候，她的腳趾找到了漁網。她急忙夾住，全身貼在船隻的一側，大口喘氣。

旁邊的阿沫已經開始往上爬，歌蒂跟在後面，兩人悄悄跨過欄杆，蹲在船艙後方。邦妮的弓箭擱在兩人中間。

附近一名男子大聲叫道，「中速前進！」船隻開始加速，璀璨城的燈光漸漸消失在薄霧中。眼前，萬物一片漆黑。

4 叛徒的歸來

副指揮官阿姆澤的信箋被送來時，璀璨城的至高守護者正坐在辦公桌前。她把報紙和早晨熱可可推到一邊，然後戴上眼鏡，匆匆看過那封字跡凌亂的訊息。

「你在開玩笑吧！」這句話就這樣忍不住脫口而出。

「大人，這不是玩笑。」帶來信箋的民兵部隊隊長說，「犯人在一個小時前來到了東大門。看起來這段日子他吃了不少苦頭。」

守護者喝下一口熱可可，又重新讀了一遍，脈搏拚命跳個不停，「他自己來投案？不是被抓來的？」

隊長搖搖頭。

「嗯，」守護者說，「我想我得會會他，讓副指揮官帶他來見我。」

隊長一離開，她立刻從角落櫥櫃拿出金色手鏈和深紅色袍子穿戴起來，然後坐下來，等待這座城市最惡名昭彰的叛徒前來。這名男子曾經密謀奴役市民，讓自己成為獨裁者。所有人都以為他已經死了，葬身在暴風雨中。

這名男子就是她的親弟弟，璀璨城的首輔。

❖

犯人被帶進來的時候，守護者差點笑了出來。他銬著一堆腳鐐手銬，就像個鑄鐵廠一樣鏗鏘作響。守護者靠著椅背，細細打量他。

跟上次見面比起來，他消瘦了許多，全身上下衣衫襤褸，蓬頭垢面。當然，頭髮還是黑色的，灰頭土臉的外表底下仍保有一絲俊俏，可是整個人垂頭喪氣，目光呆滯地盯著地面。六個月前那個自命不凡的首輔已經完全消失。

守護者一想起那段恐怖時期，想起整座城市差點陷於劫難，想要大笑的衝動便煙消雲散，「沒你的事了。」她對民兵說。

民兵自大門退下，辦公室隨即一陣沉默。守護者十指交合，努力遏制怒氣，「怎麼，先生？」她說——她沒有叫他弟弟，這個詞她說不出口。「你有什麼話好解釋？」

「我可以——我可以坐下嗎？」首輔的聲音曾經悅耳動聽，說服無數眾人，現在卻虛弱又沙啞，彷彿老人一般。

「上次你在這裡的時候，」守護者冷冷地說，「倒也沒那麼客氣。你直接把腳放在我的辦公桌上，把這裡當作是尋常的啤酒店。」她揚起一抹冷笑，「不知道你還記不記得？就在你把我押進懺悔之家之前。」

首輔用力嚥了口口水，「妳這麼提醒我是對的，姊──」

「不准這麼叫我！」

「請妳原諒我。」他低下頭，「說實話，我已經窮困潦倒，走投無路了──守護大人。我那愚蠢的野心害了自己，我對於犯下的罪行深感抱歉。」

「就這樣？你很抱歉？你打算出賣整座城市，而你能說的就只有──」守護者突然住口，硬是吞下憤怒，滿心希望首輔不是刻意挑這個時候從死裡歸來。

這六個月來，璀燦城的市民過得並不輕鬆。短時間內有太多事情說變就變。神聖護法被抓去審判，爾後驅逐出城；懺悔之家遭到查封；為了保護孩子的安全而讓他們戴上的銀色守護鏈也被廢除；沉重的黃銅懲罰鏈更是消失無蹤，彷彿從未存在過。

起初，許多家長不能習慣這樣的自由，只好乾脆用繩子把兒女綁起來，或是趁他們出門時跟蹤他們，在每個角落東躲西藏，以免被發現。

然而，漸漸地，大家變得越來越大膽。繩子消失了，有些家庭買了汽車和小狗，鳥兒開始回到城市。生平頭一遭，守護者聽見了孩子在街上玩耍的嬉笑聲。

但是，就在三個禮拜前，有個小男孩摔斷了腿。六天後，又有個小女孩掉進死馬運河差點淹死。這些意外嚇壞了所有人，守護者開始聽見各種流言。要是有神聖護法在的話，絕對不會發生這種事。

而現在，這個神聖護法的領袖，首輔大人回來了。守護者但願能夠看穿他在想什麼。她知道他的演技精湛，他現在是不是在演戲呢？他真的如表面般謙遜，還是在另耍花招？她在辦公桌上輕敲指尖。

窗戶外，有隻狗開始嚎叫，就在同一時間，有人敲著辦公室的大門，「抱歉打擾了，守護大人。」一名士兵探頭進來說，「有位鄧特博物館的使者來訪，名叫西紐，他說是——」

「急事！」一個長相奇特的高瘦男子從士兵旁邊擠過去，他穿著一件黑色長大衣，又披著一條紅色羊毛圍巾，「他們不見了，守護者，一夜之間消失——」

就在這時，他突然看見首輔，於是趕緊閉上嘴巴——然後，電光石火之間，又立刻張開嘴巴，露出傻乎乎的笑容，張開雙臂表示歡迎，「沒錯，我的擔憂一夜之間全部消失了。」他大聲說，「因為首輔回來了！我真是欣喜若狂！」

他捧著首輔的肩膀，熱情親吻他的兩頰。守護者驚訝得目瞪口呆，正準備抗議，卻發現首輔面紅耳赤，於是她閉緊雙唇，回到座位上等著瞧瞧接下來會發生什麼事。

西紐把手臂掛在首輔的肩膀上，「所以說，」他開始愉快地東扯西聊，「這陣子你都跑到哪兒去了？守護者還以為你死了，但我說：『不不不，他只是到別的地方做壞事去了，換個環境去偷拐搶騙。他會回來的，無所畏懼，就像一股陰魂不散的臭味。』」他皺皺他的長鼻子，「說到臭味……」

首輔的太陽穴抽了一下，但他只是盯著地板，什麼也沒說。守護殿外頭，嚎叫聲持續不絕於耳。

守護者站起來，打開窗戶。坐在下方人行道上的是一隻白色小狗，有著一條捲尾巴和一隻黑耳朵。小狗仰著頭，閉著眼，嘴巴向著天空。

「啊嗚——嗚——嗚——」牠嚎叫著，「啊嗚——嗚——嗚——」

「這不是……嗯……博物館的那隻狗嗎？」守護者說。這股可憐的叫聲幾乎蓋過了她的聲音，「牠是怎麼回事？」

「喔，沒什麼。」西紐說，「牠只是長了跳蚤，希望全世界的人都知道。」他用手肘碰了碰首輔，「跳蚤，可怕的東西，連我都受不了。喔，看啊，現在又有一隻。」

西紐的手快如閃電，咻地鑽進首輔的亂髮。首輔急忙跳開，好像被燙傷了一樣，表情怒得鐵青。

西紐似乎沒有注意到。他舉起指間的東西，「抓到了。」他滿意地說，「現在我們把牠捏死——」他的手指合在一起，「——捏死這隻該死的小害蟲。」

守護者看得差不多了。她關上窗戶，轉身對著那名站在原地等候的士兵說，「告訴副指揮官將首輔——前首輔——押到懺悔之家。」

「可是懺悔之家已經封住了，守護大人。」

「那就重新打開。我要他二十四小時受到嚴密看管。」

士兵抓住首輔的手臂，「來吧。」

大門關上後，西紐的傻里傻氣立刻像扔掉的外套褪了下來，「守護大人，」他低聲說，「妳記得歌蒂．羅絲和阿沫．哈恩嗎？」

「什麼？誰？」守護者說，心思仍在首輔身上，接著她回過神說，「喔，當然了，多麼勇敢的兩個孩子。要不是他們，那傢伙——」她厭惡地看著大門，「早就成功完成他的邪惡計畫。」

「他們失蹤了，連同阿沫的妹妹邦妮也不見了。」

「失蹤了？」守護者揉揉額頭，試圖消化這個消息，「這就是為什麼那隻狗——我是說，那隻暴風犬。我不想在首輔面前這麼叫牠，不過在我窗外的動物是暴風犬，對吧？布魯？」

西紐嚴肅地點點頭，「歌蒂的父親，羅絲先生，在黎明時分憂心忡忡地前來找我們，因為他的女兒不見了。我和布魯隨他回到家中，追蹤歌蒂的一舉一動。她似乎在半夜的時候溜出家門，跑到哈恩家與阿沫碰面。我們認為邦妮偷偷跟在他們後面。他倆看起來像是朝博物館前進，結果途中邦妮被綁架了，於是阿沫和歌蒂改為追逐那些帶走邦妮的人。」

守護者撲通一聲坐下，「人口販子？」

「有可能。」

「我聽說老巫婆史金和她的黨羽最近又漸漸活躍起來，可能是他們。」守護者緊皺眉頭，「又可能是綁架孩子要求贖金的人？最近南方群島有一支傭兵團，專門綁架路上的旅客，然後回賣給他們的家人。或許那些傭兵北上到璀璨城犯案了。」

「無論是誰，」西紐說，「我們只追到碼頭就弄丟了他們。昨晚一共有四艘船離開——賽鴿號、黑鮑伯號、騰影號和負心童號。」他的嘴唇繃得很緊，「我不知道他們可能在哪艘船上。」

守護者聳聳肩，拿筆蘸了蘸墨水，「我立刻派人跟蹤那些船隻，然後送出孩子們的名字和特徵。」

「是了，特徵。」西紐說，「可是目前讓我們先暫時保留他們的名字，我會請他們的父母也這麼做。」

守護者朝著大門點點頭，「因為我們的犯人嗎？」

「是的。他有很好的理由憎恨歌蒂和阿沫。我知道他會被關進來，可是——他還是知道得越少越好。」

「他聲稱自己帶著謙卑和後悔的心前來。」

「真的嗎？」西紐說，「他也許很後悔，我看不出來。可是謙卑？不，他的外表底下仍帶著不可一世的自傲，如果我是妳，我會好好注意他，我會認真密切注意他。」

他用手指輕碰眉毛簡單致意，然後離開。窗戶外面，布魯繼續嚎叫著，彷彿世界末日即將來臨。

5 豬仔號

歌蒂又冷又僵硬，整個人幾乎動彈不得。邦妮的弓箭刺著她的肋骨，鹹鹹的空氣讓她睜不開眼。她心想自己應該有小睡一會兒，但也不太確定。

昨晚她和阿沫發現這個藏身地——防水布覆蓋的救生艇，就放在漁船甲板的中間。現在，防水布的邊緣透進一絲曙光，已經是早上了。

歌蒂舔一舔乾裂的嘴唇。爸媽現在應該已經起床，發現自己不見了。她一想到這件事，就不禁一陣心痛。沒了她，他們要怎麼過下去？要是因為她的失蹤，害爸爸做惡夢的情況更糟糕怎麼辦？要是媽媽的咳嗽變成高燒怎麼辦？

阿沫在她旁邊掀起防水布，縫隙剛好足以看出去。歌蒂扭啊扭的來到縫隙旁邊，從裡頭看出去，很高興終於有事可以分點心。

甲板上放滿漁網、桶子、繩索和玻璃浮標，浮標看起來就像許多綠色的巨大泡泡。船尾處，前晚那個臉頰削瘦的男子正站在一間開放式船艙底下，防水外套隨風飄動。

歌蒂看著看著，男子彎腰探進一個艙口大喊，「嘿，史曼。」

艙口下方隱隱約約傳來回應。

「把那個小鬼頭帶上來。」臉頰削瘦的男子大叫著說，「讓我們看看她白天是什麼樣子。」

下層甲板沿路傳來笨重的腳步聲。第二名男子，有著雜亂金髮的那個大塊頭，懷裡抱著邦妮，從船艙爬上來，然後把她丟到船桅旁邊的甲板上。她的雙手被綁起來，額頭上有許多瘀青。躲在救生艇裡，歌蒂可以感覺到阿沫氣得發抖。

大塊頭男子在其中一個桶子後方東摸西找，拿出一塊木板，「克德，你覺得怎麼樣？」他說。儘管他的塊頭很大，卻散發著一股孩子氣，以及渴望討好人的特質，「你要我趁其他人看見之前換掉船的名字嗎？」

「好，去吧。」

漁船隨著波浪起起伏伏。克德掌舵時，將外套袖子捲了起來，歌蒂看見沾著血跡的繃帶。歌蒂在防水布底下用手語比手畫腳打出消息，「那是邦妮拿箭刺傷的人。」

阿沫點點頭，目光回到妹妹額頭上的瘀青。

史曼回來後，手裡拿著另一塊木板。他舉起來給邦妮看，「這是假的板子，看到了嗎？」他興高采烈地說，好像當邦妮是朋友，而不是偷來的小孩，「我們在璀璨城的時候是黑鮑伯號，可是現在是豬仔號了，是不是很聰明？誰會想到去找善良無辜的豬仔號呢？答案是沒有人。」他滿意地說，「這是我的主意，是吧，克德？」他對那個瘦弱的男子大聲說。

就在這時，歌蒂從眼角的餘光看見有東西在動，於是推推阿沫。當初那隻在碼頭橫衝直撞的灰色花貓，現在正在其中一個桶子附近鬼鬼祟祟繞來繞去。那隻貓又大又瘦，模樣兇惡，有兩隻裂傷的耳朵和皮包骨的身材。當牠一見到史曼，立刻露出利牙，發出低沉的嘶嘶聲。

史曼往後一跳，表情十分害怕，「那個小東西是打哪兒來的？牠在豬仔號上面做什麼？」

「肯定是從史波克一路跟著我們來的。」臉頰削瘦的克德竊笑著說，「怎麼啦，史曼？你不會是害怕那團小肉球吧？」

「當然不是。」史曼立刻說。他又往後退了一步，兩手交叉擱在腋下，「只是——呃——你還記得哈羅的那隻鬥犬嗎？大得像野獸的那隻？幾個月前哈羅把牠放在那隻貓的身上，只是好玩，結果……」他壓低聲音，「結果那隻貓殺了牠！我親眼看見的！大家都說——大家都說那是一隻惡魔貓！可以看見一般人看不見的東西。」

克德的竊笑轉為一陣咆哮，「別傻了，你已經夠傻的了。問問那個小鬼頭叫什麼名字。」

史曼動也不動，只是喃喃地說，「嘿，小鬼頭，妳叫什麼名字？」

邦妮坐得筆直，「我的名字是——芙西亞公主。」躲在救生艇的阿沫勉強擠出微笑。

史曼笨拙地鞠躬，目光仍然離不開那隻貓，「很高興見到妳，公主。」

「喔，看在禿神索克的份上！」克德放聲大吼，「你這個白痴，史曼。你是什麼？是白痴。問出她的真名。」

「這就是我的真名。」邦妮說著，抬頭瞪著史曼，「你們為什麼要綁架我？我父王會很不高興。」

史曼看起來糊塗了一會兒，接著歌蒂看見他的大臉閃過狡猾的表情，「我們沒有綁架妳，妳爸爸媽媽把妳賣給我們了。」

「你騙人！」邦妮叫道。

「當然是騙人的。」史曼說著，聽起來對她的抗議很訝異，「我在為節日做練習。」

防水布底下的阿沫飛快打出一串話，「什麼節日？」

歌蒂搖搖頭，「不知道。」

「如果她不告訴你她的名字，」克德大聲說，「就帶她下去。」

邦妮緊緊貼著船桅，「我不要回到那裡去。」

「由不得妳。」史曼說，「他是老大，所以妳得照他的話去做。」

「他不是我的老大。」邦妮說，「我比較喜歡待在這裡。」

「喔，別這樣，公主。妳這樣會給我添麻煩。」大塊頭朝她往前走了一步，可是那隻貓不停對他嘶嘶叫，他只好立刻退回去，「嗯——克德？」

克德氣得拚命搖頭，「我什麼事情都得自己來嗎？是啊，當然了。」他用力招手叫史曼過來，於是他慢吞吞走過去，接過船舵。

阿沫在歌蒂旁邊緊咬著牙。

克德顯然一點兒也不怕那隻貓。他大咧咧經過花貓旁邊，準備踢上一腳。但那隻貓同樣不害怕。牠身體一轉閃過克德的攻擊，跳到附近的一捆繩子上方。牠背部毛髮直豎，亮出長長的爪子往克德的手用力一抓。

克德放聲咒罵，「你竟敢抓我？你這個小——」

「就說牠是個惡魔。」史曼大聲說。

「牠才不是什麼惡魔。」克德氣呼呼地說著，從旁邊的桶子搶走一根鐵棍，「我證明給你看。」

這時突然一陣騷動，邦妮爬起來，整個人撲到克德身上，「你敢！」她放聲大叫，先踢中他的膝蓋，再用被綁住的雙手用力打他的胸口，「不准你傷害這隻可憐的貓咪！」

歌蒂不禁打了個冷顫。克德又咒罵了一聲，放開手中的鐵棍，接著抓住邦妮的頸背，氣得滿臉通紅，「妳這個小怪胎，」他大聲咆哮，「該是時候學學什麼叫尊重！」

「小心點，老大。」史曼不安地說，「哈羅看到你弄壞商品不會高興的。」

「哈羅要我們抓一個小鬼頭，我們抓到了。」克德氣急敗壞地說，「要是在運回家的途中有點損傷也不是我們的錯！」說完，他舉起拳頭。

歌蒂差點就要停止呼吸。她抓住防水布的邊緣，準備跳出救生艇。

然而，阿沫又用手語飛快地打了起來，「留在這裡，需要有個他們不知情的人，為了我！」

他把瑞士刀塞進口袋，然後從歌蒂身邊擠過去，滾到甲板上。

對這兩名男子而言，他肯定就像從天而降一般。他跳過桶子，在克德來不及搞清楚狀況之前，把妹妹從他身邊拉走。

「阿沫！」邦妮說完，用被綁住的雙手套在哥哥的脖子上。

令歌蒂慶幸的是，這赫然出現的第四人讓克德驚訝得忘記生氣。他靠著欄杆大口喘氣，「好樣的，看來我們不只有一個，而是兩個小鬼頭了，史曼。我們得好好搜尋船底，也許底下還有一大群，像小鵝一個個孵出來。」他猙獰地大笑，「哈羅會對我倆大力讚賞。」

「我們哪兒都不會跟你們去。」阿沫氣沖沖地說。

「我看你別無選擇，」克德說，「除非你喜歡長泳。」

他大搖大擺走向阿沫，歌蒂看著倒抽一口氣，但是阿沫立刻退到他抓不著的地方。

邦妮對克德吐舌頭，「你最好趕快放棄。」她說，「我哥哥專門殺你這種人。」

「閉嘴，邦妮！」阿沫嘶聲說。

「邦妮？」克德諷刺地說，「我以為她是什麼公主。」

歌蒂縮在救生艇裡，緊緊握著小鳥胸針，氣得不停發抖卻無能為力。她看見史曼將船舵固定好，從口袋拿出一個棕色小瓶子，倒了些液體在手帕上，然後躡手躡腳走到阿沫身後。她聞到一股刺鼻的甜膩味。

阿沫幾乎在同一時間也聞到了這股味道，因為他立刻放開邦妮，滾到一旁，但卻為時已晚。史曼用粗重的手臂勒住阿沫，再拿手帕摀住他的鼻子。阿沫不斷掙扎、反抗，接著手腳一攤，沒了知覺。

「你對他做了什麼？」邦妮大聲說著，前去攻擊史曼，想要把失去意識的哥哥從他懷裡拖出來。歌蒂渴望跳出防水布幫忙，全身肌肉繃得發疼，不過她忍住不動。

「來，把那個小混蛋交給我，史曼。」克德說著，從邦妮身後一把抓住她，「我受夠這些小鬼頭了，剩下的旅程我們要讓他們好好睡上一覺。」

他拿起手帕摀住邦妮的臉，直到她也失去意識後，便將她交給史曼。史曼把兩個孩子扛在肩上，帶著他們到船艙底下。花貓躲在桶子後面偷看，尾巴不停地來回擺動。

歌蒂慢慢把防水布蓋回去。一滴鹽水從額頭流下來，她將它擦去。她仍然抖個不停，不過怒氣已經漸漸消卻，對剛剛所目睹的事情震驚不已。

她現在是孤孤單單的一個人，沒人知道她在哪裡。如果要救出阿沫和邦妮，她必須完全靠自己——而唯一可以幫助她的東西是一把瑞士刀。

這個想法幾乎讓歌蒂難以承受。她該如何對付像克德那樣兇殘的人呢？她的朋友被帶去哪裡？他們又為什麼要這麼做？那個神秘的哈羅究竟是何等人物？

沒了我，爸媽又要怎麼過下去？

她的胸口疼得翻攪。她不能回頭，這點她很清楚。在阿沫和邦妮平安之前，她必須暫時不去想爸爸媽媽。

可是，當豬仔號乘風破浪，朝著未知的目的地前進時，歌蒂感覺到有一部分的自己往反方向飛馳而去。

6 龐斯

在史波克城，某個貧民區的窄巷裡，兩個男孩正坐在石階上，注視著對面的商店。年紀較長的男孩龐斯用髒兮兮的手臂抱住膝蓋，但願可以驅走港口邊吹來的寒風。若非哈羅的手下芙蘭絲答應給他那筆錢，他老早就放棄了。

「要我說哈羅那幫人啊，」他對旁邊的小男孩低聲說，「就是他們的報酬很優渥，不像大多數的人。大多數的人只想用兩週前的派打發我們，如果我們笨到吃下去，只是害我們吐到水溝裡。更過分的是，他們還期望我們心存感恩。」

小男孩咧嘴一笑，把白色帽簷拉高露出眼睛。龐斯對冰冷的雙手呵氣，「我猜他們應該會比照大人，付給我們同樣多的錢。」他說，「說不定更多，小鬼頭比大人更適合當間諜，尤其是在街上混的小鬼頭，我們幾乎就像隱形人，是吧，耗子？就算我們躺在史波克市集的大馬路中間餓死了，在屍體發臭前也不會有人注意到我們。」

白髮男孩指著外套袖子，裡頭因為藏了許多熟睡的小老鼠而重得下垂。

「是了，我想牠們會注意到。」龐斯說，「貪心的小叫化子，大概在我們屍骨未寒之前就咬掉我們的手指。」

耗子睜大雙眼，然後吃吃竊笑起來。龐斯感覺心窩湧上一股暖意，「總而言之，我們這禮拜不會餓死了，多虧了哈羅和芙蘭絲。」他生硬地說。

耗子又指了指他的袖子。

「是，是。」龐斯說，「也多虧了這些小傢伙。」他拍拍小男孩的手臂，小心翼翼不去驚動那些老鼠，「你們都做得很好，要不是你們耍的那些算命花招，我們有好幾次早就餓死了。」

耗子突然皺起眉頭，於是龐斯舉起雙手，帶著戲謔口氣道歉，「好吧，那些不是花招，是真的，只是看起來像花招。」

馬路對面，老華伯正在麵包店櫃檯後方做生意。現在他來到門邊，緊張地抓了抓一邊毛茸茸的眉毛。

「來，假裝你睡著了。」龐斯低聲說著，頭靠在膝蓋上，透過指間往外看。

在他旁邊的耗子開始輕輕打起鼾來。不過華伯一回到店裡，小男孩立刻皺起眉頭，好像突然明白他們剛剛在做什麼。他先指指麵包店，再指指自己的嘴巴。

「什麼？」龐斯說，故意不明白他的意思，「你餓了？」

耗子做了個哭泣的手勢，彷彿在說，他當然餓了，他沒有不餓的時候，可是現在這個不是重點。他又指了指麵包店，微笑伸出雙手，然後拍拍龐斯的肩膀，接著自己的。

龐斯嘆了口氣，「聽著，耗子，你不能那麼軟弱，知道嗎？我知道老華伯的麵包每次有剩都會給我們一些，可是重點不在這裡，你明白嗎？重點是，芙蘭絲付錢請我好好注意他。」

耗子拉下臉，用手指劃過喉嚨。

「不，不是像這樣。」龐斯連忙說，「沒有人會受傷，芙蘭絲只是在等一個重要貨物，想要確保貨物平安到達。她不相信任何人，除了哈羅以外，她沒有在這裡親自坐鎮發號施令已經是奇蹟了。」

他抽抽鼻子，努力想辦法讓耗子分心。他平常不會帶朋友上工，像是這個，可是最近雨下個不停，他擔心他們住的下水道可能會淹水，甚至倒塌。為了以防萬一，他不希望留耗子一個人在那裡。

事實上，華伯最後很有可能會落得被割喉的命運——這是哈羅手下結束事情常有的手段。無論麵包店老人曾經對兩人多友善，這件事都與龐斯和耗子無關。在這個世界，如果想要生存下去的話，絕對不能太軟弱。

「那麼現在，」他低聲說，「讓我們想一想剛才看到了什麼。」他對店門口點點頭，「他很緊張，你有看到嗎？你有看到他拿出手帕擦額頭的樣子嗎？好像在等著某個人，卻不是很高興？等我向芙蘭絲回報的時候，就是要這麼說。哈羅喜歡像這樣的細節，他總說細節是最重要的，這也是他雇用我的原因，因為我善於觀察，善於觀察的人就像稀有的鳥一樣難得。」

耗子又開始吃吃竊笑起來，同時拍打著骨瘦如柴的手臂，這讓龐斯不禁鬆了一口氣。

「怎麼？」龐斯假裝皺著眉頭說，「你不覺得我像是一隻稀有的鳥嗎？」

耗子搖搖頭。

「那我是什麼？皮包骨的老鴿子？一身光禿禿的羽毛，眼睛周圍長滿硬疣？你準備偷偷摸摸走到我的身後，拿木棍敲我，然後把我的屍體烤來吃，就像我們前幾天對付的那隻鴿子一樣。」

耗子咧嘴一笑，然後揉揉肚子。

自龐斯有記憶以來，食物從來就不夠吃。到了冬天更糟糕，寒氣會讓你餓得前胸貼後背。

「這麼跟你說吧，耗子。」龐斯說，「有一天，我會找出芙蘭絲和哈羅真正渴望的東西，不只是做做像這種監視的雜工，而是大事，重要的大事，他們願意付很多很多錢請我去辦的事情。然後，我們就去租個房間，舒適的房間，有壁爐的那種。我們可以整天坐在壁爐前吃鴿子肉，想一想那個畫面，嗯？油脂從下巴流下來，肚子大到站不起來。」

耗子閉上雙眼，舔了舔嘴唇，彷彿已經嚐到鴿子肉的滋味。

龐斯心中湧起一股強烈的保護心。我會做到的，他鄭重告訴自己，我不在乎要做什麼，不在乎誰會受傷，只要哈羅願意付出可觀的報酬。

接著，他大聲說，「只有你和我一起對抗這個世界了，耗子，我們不需要任何人，記住這一點。好好跟著你的夥伴龐斯，要吃多少鴿子就有多少鴿子。」

7 無名氏歌蒂

歌蒂正在做夢。她知道那是個夢，因為霍普護法也在場。她那豐腴的身形披著黑袍，頭戴方型黑帽，懲罰鏈宛如巨蟒般纏在腰間。

「妳不可能還活著。」歌蒂低聲說，「妳已經死於暴風雨中了才對。」

霍普護法微微一笑，從長袍口袋拿出一條細細的銀色守護鏈。她將鏈子拿到燈光底下，開始繞啊繞，慢慢纏住歌蒂的腰間再繞過她的心臟……

歌蒂張開嘴巴準備大叫——就在這時，恍然想起自己身在何處。她咬著兩頰內側的肉，一直等到夢魘消失，便躺回狹窄的門邊。時間已經接近早晨，史波克城的大街小巷開始活絡起來。

經過三天的海上航行，昨晚豬仔號終於靠岸。這三天實在難熬，從清晨到黃昏，歌蒂都躲在救生艇裡，除了在座位底下找到的幾塊餅乾、一瓶密封的水，什麼也沒得吃。每到下午，她只能無助地看著史曼把兩個朋友帶到碼頭，餵他們吃東西，拎他們到船艙的惡臭廁所，然後再把他們拖走，帶回船艙下方。

在夜裡，她趁機溜出救生艇外，伸展發疼的四肢，一邊希望可以偷點那兩個男子的食物。可是她什麼也不敢做，只怕洩露了有第三個孩子在豬仔號的消息。

終於，當他們駛進史波克港口，而歌蒂隱隱約約看見它的外觀，就跟雕刻畫一模一樣的時候，她簡直不敢相信。歌蒂以為她和兩個朋友會被帶到一個遙遠的異地，再也沒辦法找到回家的路。但是他們現在在這裡，仍然待在法龍半島上，距離璀璨城不過幾百英里！

她不禁振奮起來。等到克德和史曼將阿沫和邦妮的癱軟身子放上馬車，開往城內之後，歌蒂在甲板上抓了一卷看似有用的繩子，跟了過去。

雖然天色已晚，史波克的人行道上依舊擠滿了人。歌蒂躲躲閃閃從人群旁邊走過，努力不讓自己跟丟那輛馬車。她走過一條又一條窄巷，離港口越來越遠，最後海水味漸漸被甩在後頭，房子開始在她四周簇擁，就好像一群好奇心十足的大嬸。

馬車在半山腰的一間麵包店前面停了下來。麵包店看起來已經打烊，不過當克德匆匆敲門後，一盞燈亮了起來。歌蒂屏住呼吸，她即將見到神秘的哈羅了嗎？

然而，無論是誰上前應門，那人並沒有露面。反之，史曼帶著兩個孩子走進麵包店，接著跟隨克德走出來便駕車離去。大門在身後關上，燈光隨即熄滅。

歌蒂找了附近的階梯坐下，吐出不自覺屏住的氣。她的朋友仍然昏迷不醒，所以今晚除了持續觀察——還有確保不被麵包店的人發現外——她什麼也不能做。

在對面的大門口，有東西動了一下。歌蒂嚇得呆住了，擔心是不是哈羅派了眼線在路上監視。但是接著，她聽見一個年輕男孩咕噥說著夢話，又見一隻光腳伸出來靠在石頭上，像包心菜一樣軟綿綿的。

歌蒂向陰暗處張望，卻幾乎看不清楚男孩的模樣，只見他又破又髒，睡得很熟。事實上，等她看得更仔細之後，才發現其他門口同樣佔據了熟睡的孩子，有的獨自一人，有的成雙成對。

在豬仔號的救生艇待了三天三夜，現在的歌蒂幾乎和對面的男孩一樣骯髒。她坐在門邊，頭靠在膝蓋上休息，但願見到她的人只覺得她是另一個無家可歸的小女孩，為了避風而躲在這裡。

歌蒂本來打算保持清醒，可是儘管她餓得發昏，底下的階梯又硬得要命，她還是累得立刻就睡著了。

她做了幾個瘋狂又嚇人的惡夢。爸爸迎面緩緩爬上山，被某個她不敢直視的東西追逐著。媽媽流著血紅的眼淚。霍普護法拿著銀色守護鏈纏住她的腰間，再繞過她的心臟，一遍又一遍。

等歌蒂再次醒來，整條街熙熙攘攘好不熱鬧，對面門口的男孩已經消失，而她的肚子餓得咕嚕叫。

但是惡夢仍然久久徘徊不去，像石頭一樣重重壓在心上。*爸爸迎面緩緩爬上山……*

眼淚刺痛歌蒂的雙眼，她趕緊將它們擦去，「我需要的，」她態度堅定告訴自己，「是一個計畫。」

她要做的第一件事就是熟悉附近環境──後門、死巷、危險潛伏的地方。然後，她必須想出一套闖進麵包店的方法，再來，她必須找些東西吃。

她突然停下來，心思赫然回到爸媽身上，就像條忠心的老狗。她多希望現在能夠回到他們身邊！她多希望──

不行。她搖搖頭。她不能回家，她也不會回家，除非她可以帶上邦妮和阿沫一起走。可是如果她再不停止擔心爸媽的話，她永遠不會成功！

她腦中的聲音低聲說，如果歌蒂．羅絲沒辦法停止擔心，那麼妳就必須停止成為歌蒂．羅絲。

歌蒂皺起眉頭。自她有記憶以來，總是可以聽見這個聲音。聲音似乎是從內心深處某個地方傳來的。直到六個月前，她一直乖乖聽從它的智慧。是聲音催促她逃家，是聲音帶她走過鄧特博物館內那些會瞬變的怪異房間，也是聲音幫助她拯救璀璨城免於遭到入侵。

但是最近這幾個禮拜，她已經不再習慣去相信它。這聲音一天到晚做的，就是催促她追隨自己的宿命，成為第五名管理員，但她這麼做只會傷害父母罷了。

然而，現在她需要它的幫忙。她點點頭，明白聲音說得沒錯。她必須想個辦法停止成為歌蒂．羅絲……

她不願意就這樣隨隨便便離開麵包店，可是她別無選擇——在日落之前，有些事情她非做不可。況且到目前為止，所有事情都是在夜幕底下發生，她不認為哈羅和他的手下會在光天化日之下洩露他們的底細。

「我會回來的。」她低聲說，但願阿沫和邦妮可以聽見她，「我今晚一定會回來，把你們從那兒救出來。」

山上有幾個地方藏了許多通往另一條街的偏僻小徑。歌蒂走在其中一條小徑上，發現一座廢棄的後院，院子裡有許多舊衣堆和爛掉的報紙，還有堆得像房子一樣高的橄欖油空瓶。

她在舊衣堆中東翻西找，最後發現一條舊馬褲和剩下一只袖子的外套。馬褲尺寸太大，所以她在腰間綁上一條繩子做支撐。接著，她拆下小鳥胸針，正準備塞進口袋時，突然停下動作，用手指撫過那對張開的翅膀，想起了佩斯阿姨。

她從來沒有見過她的阿姨——佩斯．科氏於十六歲那年失蹤，從此再也沒人見過她。不過媽媽有時候會談起她，說她是多麼勇敢，說歌蒂就跟她一模一樣。

歌蒂用力嚥下一口口水，把胸針別在領子內側，那裡沒有人會注意到。她在滿地的爛泥巴上抹抹靴子，再拿一些塗在自己臉上。接著，她拿出阿沫的瑞士刀開始把髮絲一根根削斷，短得就像小男孩的髮型。

等她完成裝扮之後，覺得自己整個人都不一樣了。

更敏銳。

更輕盈。

更兇狠。

「我不再是歌蒂．羅絲，我沒有生病的父母，心上也沒有守護鏈纏著。」她低聲說，「我是無名氏歌蒂，沒有父母，沒有惡夢，只有兩個等待救援的朋友。我要帶他們回家。」

她把自己的外套和上衣埋在舊衣服堆中，然後把那捆繩子也埋了進去，這麼一來如果有需要，就立刻知道它在什麼地方。隨後，她到麵包店附近繞一繞，好弄清楚周圍的路況環境。

史波克這一帶的街道曲折蜿蜒，令人搞不清楚東南西北。腳底下的鵝卵石讓歌蒂想起璀璨城，而且到處都是奉祀大木神、禿神索克或其他七靈神的神龕。但除此之外，一切大不相同。這裡的街道比較窄，水溝比較小，建築物不是由青石所建，而是木造的。每個角落都掛了一只銅鐘，鐘的上方放著招牌，寫著：如遇火警，請敲鐘。

待歌蒂回到麵包店，她的腰帶塞了一根生鏽鐵桿，口袋放了一根彎曲鐵絲，腦海對附近的大街小巷也有了清楚的概念，例如哪裡適合逃生，哪裡容易被困住等等。更重要的是，她得知麵包店沒有後門，如果想要闖進去，勢必穿過前門。

從早上到現在，一切都順利進行中。麵包店擠滿了顧客。歌蒂靠在對面的牆上，眼睛半張半闔地觀察來來往往的人群。麵包店的門鎖看起來很新，不過她認為自己應該有辦法撬開。

剛出爐的麵包香味飄到對面街上，她忍不住舔了舔嘴唇。她也聞到了香腸的味道，於是她離開牆邊，準備下山，但願身邊有些錢。

別走遠了，腦中的聲音低聲說。

歌蒂猶豫了一會兒，回頭看著麵包店，納悶自己是不是應該留下來。可是她餓到現在，已經有點發昏。「我得找點東西吃，」她說，「否則我提不起勁。」

因此，她繼續往山下走去。

隨著路面逐漸平坦，四周也變得越來越熱鬧。歌蒂睜大眼睛東張西望，深深感到著迷。神聖護法被驅離璀璨城到現在已經六個月，市民仍然過著大門深鎖的日子，而且也不敢大聲說話，唯恐有人注意到他們。然而在史波克城，大家似乎都想要獲得他人注意。

一位女房東坐在自家台階上，對著她的房客大聲咆哮，「你整晚都跑到哪兒去了？進屋前把腳擦一擦。還有你的房租呢？別對我笑，你這無賴，我可不能靠笑容過活，是吧？」

一個磨刀商人正在人行道上立起輪子。在他的頭頂上方，有個女人正從樓上窗戶探出頭來，把衣服掛上懸過街道的曬衣繩。

歌蒂聽見一記喊叫聲，「嘿，斯巴基！早起為節日做準備嗎？」她轉身一看，有個廚師懶洋洋地躺在通往地下廚房最頂端的台階上，從口袋拿出酒瓶大口暢飲。而路的另一邊——

歌蒂眨了眨眼，路的另一邊來了一個帶著馬頭面具的男子。

「是啊。」帶著面具的男子大聲說，「不做好準備不行啊！」他的聲音悶在面具裡模模糊糊，聽起來好像在笑，「喔，感覺到蠢蠢欲動的氣氛了嗎？快，問我有幾個老婆？」

廚師吃吃輕笑，「你有幾個老婆？」

「三個。」斯巴基說，「而且她們個個都像南瓜一樣胖。」

兩人哈哈大笑起來，接著面具男便手舞足蹈地繼續往前走。

歌蒂注意到第一張面具之後，才發現它們到處都是。有些面具很樸素，不過大部分的面具都佈滿了亮片、毛皮或魚鱗。她經過一家專賣面具的店鋪，生意可謂絡繹不絕。

經過店鋪再走一段路，歌蒂發現半張樸素的面具被遺忘在人行道上。她將它撿起來，繫在頭上，然後在附近的鏡子旁檢查自己的模樣。她看起來就像個小男孩，一個無家可歸、無名無姓的小男孩。

無名氏歌蒂……

突然傳來一首歌引起了歌蒂的注意。一個賣炸肉餅的老婦人正在唱歌，歌曲是關於一個愛上熊的女孩。她的顧客跟著加入合唱。

他們的孩子毛髮濃密

模樣長得甚是怪異

他們說……

儘管歌蒂又餓又煩惱，心情卻有種說不上的雀躍。史波克讓她想起了鄧特博物館，充滿生氣和活力，完全不知道下個街角會遇到什麼事情。這才是一座城市該有的樣子！附近某個地方，銅管樂團開始演奏。正當歌蒂轉往音樂的方向，繽紛的色彩突然在眼前閃現，如鸚鵡般鮮豔醒目，一個矮小婦女匆匆經過她的身邊，她身穿綠色羊毛斗篷，臉上戴著貓咪面具。

這個早上，歌蒂一路走來看過許多比綠色羊毛斗篷和貓咪面具更不可思議的東西，可是這婦人大搖大擺走過街頭的時候，卻散發某種特質，讓她忍不住回頭觀望。

腦中的聲音低聲說，別走遠了！

又一次，歌蒂猶豫了。要是這聲音說得沒錯呢？要是……

她的肚子餓得咕咕叫。炸肉餅和餡餅的香味讓她的腦袋直發暈。

她又看了那婦人最後一眼，然後轉身離開。「我傍晚之前會回去。」她低聲說，「在那之前不會有事的，我今晚就會把他們救出來。」

8 樂團指揮

銅管樂團和歌蒂預期的完全不一樣。樂團共有六名樂手，外加一名指揮，她從沒見過如此不相稱的一群人。他們有男有女，有高有矮，有的全身毛茸茸，有的頂上沒半根毛，大夥兒全部穿著不合身的條紋套裝，在鋪滿石磚的廣場中央繞著噴水池走來走去。音樂時起時落，偶爾演奏到一半會突然中斷，然後所有的樂器又會零零落落重新響起來。

樂團指揮是個頭頂長滿雀斑的小矮人，他一邊在空中揮舞指揮棒，一邊對著圍觀群眾大聲叫嚷。歌蒂隱隱約約可以透過音樂聽見他的聲音，同時伴隨著奇怪又熟悉的鏗鏘聲。

「各位先生女士懇請幫忙！賞塊麵包皮或香腸給我們當早餐吧！幫助飢餓的人，保證七靈神一整年都不會搭理你！」

歌蒂趕緊彈動手指。七靈神的脾氣陰晴不定眾所皆知。引起祂們的注意——光是聽見有人提起祂們的名字——都可能是一件危險的事情。彈動手指是用一種禮貌的方式表達：「千萬不必擔心我，大木神。去幫助其他人吧！」

圍觀群眾中有個婦女舉起一隻烤雞。「接好了！」她大聲說，把烤雞丟向樂團。

於是，樂手立刻停止演奏，亂成一團湧上前，然而他們的動作遲緩又笨重，一個衣衫襤褸的小女孩從人群中衝出來，在毛茸茸的喇叭手面前公然搶走烤雞。

樂團成員發出哀號，人群紛紛散開，現在歌蒂終於明白是什麼導致那可怕的鏗鏘聲。樂手們的腳踝個個銬上了腳鐐，中間以沉重的鏈條相連。當他們走路的時候，鏈條不停撞擊著地面。

歌蒂打了個冷顫，想起在夢中縈繞不去的懲罰鏈。

人群中又傳來另一聲喊叫，不少人開始丟起食物來。香腸、起司，還有整隻塞了餡料的鵝從半空中掉下來。

樂手東倒西歪地走來走去，拚命抓啊搶的。只有一隻眼睛的低音大號手設法搶到了一串香腸。高大的長號手越過每個人的頭頂，伸手抓走一塊起司，但是那隻塞了餡料的鵝，還有更多食物，卻被衝進來的男孩女孩佔為己有。

歌蒂看得口水直流。她還沒意識到自己在做什麼，就發現自己又推又擠，混進那群孩子裡頭。其他人側眼看了她一下，不過沒多說什麼。大家滿嘴都是油，邊吸吮手指頭，邊對彼此咧嘴一笑。

「鵝。」歌蒂低聲說，「我可以吃下一整隻鵝。」

人群中有人扔了餡餅，可是距離太遠沒人搶到。後來又飛來一堆小小的炸麵餅，然後是一些橘子。大部分都被孩子們搶走了。

歌蒂微微向前傾，等待著好時機，就在這時她看見了，一條烤羊腿越過空中朝指揮的方向飛過去。他把鏈條收起來，好讓自己有空間往上跳……

然而這時候，歌蒂快得像隻海鷗撲到他面前，從他緊握的雙手中搶走羊腿，「不！」他放聲大叫，但她已經帶著戰利品逃跑。

羊腿還熱著，不斷滴下迷迭香料和橄欖油。歌蒂這輩子從沒聞過如此美味的東西，她小心翼翼拿著羊腿爬上噴水池，用阿沫的瑞士刀切下一塊塞進嘴裡，然後閉上眼睛，細細品嘗……

等她再次睜開眼睛，船上那隻灰色花貓就站在她的面前。牠的肋骨就像桶子外的鐵環一樣凸出來，狂野的貓眼直盯著羊腿看。

「你想要吃一點嗎？」歌蒂說完，切下一塊拿給牠。花貓的鼻子聞了聞，但沒有行動。

歌蒂聳聳肩，餓得失去耐心，「你不要的話我就吃掉了。」

那雙狂野的貓眼瞪著她，眼眸中沒有半點溫和，只有懷疑和饑餓，但是歌蒂卻突然想起博物館和暴風犬布魯。她咬咬嘴唇，放了一塊羊肉在腳邊。突然一陣快如閃電的動作，快得來不及明白發生什麼事，接著花貓和羊肉便雙雙不見了。

她又切了一塊給自己。油脂流到下巴，她抹乾淨後，再舔舔手指。她聽見了一記呻吟，音樂已經停止，指揮正抬頭凝視著她，整張臉痛苦得垮下來。

羊腿早就被歌蒂吃個精光。她的臉蛋微微一紅，想要別過頭去，但是男子那悲傷的眼神震懾著她。她可以在耳邊聽見歐嘉．西亞佛嘉的聲音，清晰得彷彿老婦人就坐在身旁。

「手腳敏捷、眼明手快是種天賦，如果用來傷害別人，就算是再微小的程度，妳都是在背叛自己和周遭的人。」

與鄧特博物館所有的管理員一樣，歐嘉．西亞佛嘉是一名小偷。可是她對於什麼時候該偷，什麼時候不該偷，有一套非常嚴格的規矩。而現在就是不該偷的時候。

隨著一聲嘆息，歌蒂爬下噴水池，又推又擠穿過漸漸稀少的人群。大部分的食物都被丟了出去，群眾也紛紛散去。孩子們已經跑得老遠，拿著橘子丟對方。

「各位先生女士，明天同一時間我們再次相見。」指揮消沉地說，「別忘了，幫助飢餓的人，保證七靈神一整年都不會搭理你，隨便了。」他聽起來就好像再也不期望有人會給他食物了。

樂手各自把樂器收起來，開始拖著腳步離開廣場。歌蒂匆匆忙忙追在他們身後，「嗯，先生——」她說。

指揮的表情垮得更厲害了，「過來幸災樂禍，是不是啊，小伙子？過來公然炫耀本來屬於我的早餐——」

歌蒂把羊腿交出去給他，他突然閉上嘴巴，不停眨眼睛。「你說得沒錯，先生，這是你的。」她放低聲音說話，努力想要聽起來像個男孩。

指揮盯著她，彷彿覺得她在耍花招。歌蒂把羊腿塞進他的手中，趁自己還沒改變主意前，連忙轉身跑走。

「等一下。」指揮喃喃地說。

歌蒂回頭一看，他已經咬下一口羊腿，拚命地嚼啊嚼，一副好幾天沒吃東西的樣子。低音大號手過來拍拍他的背，想要偷幾塊羊肉吃。指揮把她的手打走，然後向歌蒂招手。

「快過來，快過來啊，小伙子，別害怕。」

歌蒂沿著原路往回走，所有樂手都在注視著她。「我沒記錯的話，你是不是有一把刀子？」指揮說著，用條紋袖子擦了擦嘴巴。

歌蒂點點頭。

指揮生硬地鞠個躬，「你能不能好心好心，替我在場的同伴們一人切一塊？然後——嗯——再切一塊給你自己？」

歌蒂毫不猶豫就答應他。於是指揮拿穩羊腿，她則拿出刀子切下幾大塊。

「呃——可以再切小塊一點。」指揮連忙說，「畢竟我的同伴們今天早上都吃過了，只有我還沒。」

「抱歉。」歌蒂說完，把大塊羊肉又分切了好幾塊。

「沒錯，沒錯，這樣好多了。」指揮貪婪地看著羊肉說，「然後再切點給你——很好，很好。現在又換我了，沒錯，肯定換我了。」

接著，他滿嘴食物開口說，「你願意跟我們一起走嗎？我們千萬不能遲到，可是我很好奇——」他突然停下來，舔舔嘴唇，「嗯，這實在是我這幾年嚐過最鮮美的羊肉了，簡直不像羊肉，我猜根本是昨天剛宰的小羔羊，還在慈愛的媽媽旁邊神氣地走過草原。你在忙著吃，還是可以再幫我切一塊？」

「你們要去哪裡，先生？」他們往前走的同時，歌蒂邊切肉邊說道，「你為什麼——

嗯——」她指了指鏈條。

指揮仔細打量歌蒂一番，「你不是當地人？嗯，難怪你這麼大方了。我從沒聽過有哪個街頭小伙子會把搶走的戰利品交回來，何況還是這麼棒的戰利品！」

「我來自璀璨城。」歌蒂說。

「啊哈，我就知道，而我則來自於史波克監獄。」他再次一鞠躬，彷彿自己是史波克的市長，「我在場的這些朋友都是從那兒來的。」

「你是囚犯？」歌蒂說。

「親愛的，不，我們是客人！如果我們是囚犯的話，他們就得整年餵我們吃東西。但因為我們只是客人，所以他們可以在節日期間把我們趕出來，叫我們自己找食物吃。」

他用手擦了擦馬褲，然後拿出一只磨損的懷錶，「當然時間到了我們還是得回到牢房裡，否則他們會忘記對待客人該有的禮貌。」他在歌蒂面前晃了晃那隻羊腿，「小伙子，再幫我切一塊吧，你也別客氣，我看得出來你不是貪心的人。」

歌蒂又切下兩塊羊肉，「你說的節日是什麼？」

「喔，是謊言日。」指揮說，「後天正式開始，大家都喜歡營造氣氛，這也是為什麼我們沒有安逸地窩在牢房裡，喝著面前熱騰騰的麥片粥，而是提早兩天出現在這裡的原因。雖然說——」他若有所思地嚼著食物，「為了這場盛宴，我確實犧牲了不少碗麥片粥。」

「為什麼叫謊言日？」

「因為就是謊言日啊。整整三天，整座城市黑白顛倒，是非不分。沒人說實話——當然，除非他們摸著一隻動物。」

歌蒂嘴邊還有十幾個問題想發問，可是指揮仍繼續講個不停，「這個節日對我們是個好機會。剛剛在噴水池那裡，你有聽到我說的話嗎？」他誇張地舉起指揮棒，「幫助飢餓的人，保證七靈神一整年都不會搭理你！」

歌蒂彈動了手指。

指揮咧嘴一笑，「這招很有效，史波克城裡的每個人都知道。」他壓低音量，「當然了，他們大可丟吃過的麵包皮或燉牛肚，這樣也行。不過我們散佈消息，他們給我們的食物越好，七靈神越有可能不理他們。」

聊到現在，他們已經走到廣場的另一頭，樂手們也開始趕路，在鏈條的限制下盡可能快步行走，穿過一條條蜿蜒街道。歌蒂在他們旁邊輕輕奔跑，同時注意著地標，以便她能夠再次找到回頭的路。在她心中，有個想法漸漸萌芽。

「為什麼你會被關起來，先生？」她說，「如果你不介意我這麼問的話。」

「一點也不介意，小伙子。」指揮說，「你想知道為什麼嗎？因為我是無辜的。」他對著身後鏗鏗鏘鏘向前進的樂手揮動羊腿，「我們全都是無辜的。那邊拿著喇叭的小道奇沒有犯下搶劫案，甜蘋果沒有毒死自己的丈夫，願大木神讓他的靈魂安息。」他彈動手指，歌蒂跟著照做，「還有在那裡把口水流遍低音鼓的老頑固，也不是一群扒手集團的首領。」

老頑固用沒有牙齒的嘴巴，對歌蒂笑了笑。甜蘋果——她是瘸腳的高挑長號手——則揮了揮手。

「那麼——呃——你有沒有犯下什麼罪呢？」歌蒂對指揮說。

「偽造罪。」他把手放在心上，擺出嚴肅的姿勢，「我是清白的，法官大人，我不知道為什麼那些偽幣會跑到我的地下室。我不是犯人。」

他對歌蒂眨眨眼，於是她大笑起來，「如果我想要找一個人，他是真正的犯人，」她說，「我該問誰？」

指揮挺起胸膛，「我這輩子都住在史波克城，沒人比我更了解這座城市。妳那個犯人，他叫什麼名字？」

「哈羅。」

歌蒂沒料到接下來會發生的事情。指揮好似被絆了一下，指揮棒從手中飛出去，在圓石地面發出撞擊聲，羊腿滾到了水溝裡。

「停！」他大聲說道。鏈條發出一記響亮的鏗鏘聲後，甜蘋果和樂團的其他成員隨即在他身後停下拖曳的腳步。指揮將指揮棒和羊腿撿起來，撥去上面的泥土，「不要緊。」他說。

他轉身面向歌蒂，「現在，我們說到哪兒了，小伙子？」

「嗯——哈羅。」歌蒂說。

指揮皺起臉蛋，彷彿在思考的模樣，「不，我沒聽過這個名字。他是本地人嗎？」

「我不知道。」

「那就對了，他可能是勞郡的人。勞郡是個聲名狼藉的城市，所有罪大惡極的犯人都是從那兒出來的。」

他再次拿出口袋裡的懷錶，「唉呀，我們遲到了。把鏈條撿起來。」他對著樂團大聲嚷嚷，「跑步走！一二三四，一二三四！」

他們跑步離開的時候，指揮回頭看著歌蒂，「很高興可以見到一個誠實的小伙子。」他大聲說。甜蘋果揮了揮手，道奇眨眨眼睛，然後隨著一陣鼓譟，他們便離開了。

歌蒂動也不動地站在路中央。雖然嚐到烤羊肉的滋味，但是她的心中卻產生一股空虛感。受過專業說謊訓練的她，看得出來誰什麼時候在說謊。

指揮確實知道哈羅這個人，而且這個名字打從內心讓他感到恐懼。

9 鄧特博物館

「過去幾天以來，」西紐說著，手指不停敲打餐桌，「我已經追蹤過上百個謠言。我知道勞郡市民正在密謀推翻他們的政府，我知道老巫婆史金有一艘新的奴隸船，我還知道威脅南方群島的那支傭兵團已經離開，去了某個陌生大陸。可是關於那些孩子，我什麼也沒找著。」

暖爐旁的籃子裡，小狗布魯正在睡夢中不住啜泣著。

「無論是誰綁走他們，」西紐說，「足跡實在藏得太好。我必須親自出馬去尋找他們。」

那位坐在西紐對面、目光敏銳的老婦人搖搖頭。儘管暖爐散發著溫暖，她卻披著一件毯子，還穿了兩件針織上衣和四、五件裙子，腳上則穿著軍靴，「我們沒有你不行，西紐。」

「可是我們不能就這樣留他們——」

餐桌上的第三人打斷了西紐的抗議，那是一位有著褐色寬臉的老人，他穿著胸前有一排銅釦的外套，「歐嘉．西亞佛嘉說得對，」他說，「這裡需要你。那些房間又開始焦躁不安了。」

鄧特博物館從未有過真正的平靜——這座城牆裡容納了太多原始生物，所以房間總是瞬息萬變，就像一盒巨大紙牌。

可是，自從孩子們失蹤以後，瞬變的情況越演越劇。即使現在，半夜時分，害蟲館仍在竊竊私語，動來動去。而那些鎖在博物館深處的古老災難，如戰爭、饑荒、瘟疫等等也從沉睡中甦醒，用明亮的邪惡雙眼環顧四周。

「博物館不喜歡看到它的朋友陷入困境。」丹先生說。

「這又給我更多理由去尋找那些孩子！」西紐說，「他們越快回到這裡，對大家越好。」

歐嘉．西亞佛嘉點點頭，「這話沒錯，可是你換個角度想想，西紐。現在是三個孩子有危險，如果你走了，而我和丹控制不住博物館，城裡的每個孩子都會遭受厄運，成年人同樣在劫難逃。」

西紐靠回椅背，沮喪地嘆了一口氣，「當然，妳說得對。只是——我們認識這三個孩子！他們是我們的朋友，我沒辦法不去擔心他們。」

歐嘉．西亞佛嘉揚起眉毛，「你以為擔心的只有你一個人嗎？」

「不，當然不是。可是我們除了追蹤一些無用的謠言外，還做了什麼？什麼也沒有！他們肯定以為我們已經拋棄他們——」

「派摩根怎麼樣？」丹先生插嘴道，「我們的摩根很善於找東西，我們可以派她去把他們找回來。」

頭頂的屋樑傳來颼颼的振翅聲，接著一個巨大黑影俯衝而下，停在老人的肩膀上。「摩——根——」殺戮鳥嘎嘎地說。

「沒錯，我說的就是妳。」丹先生說完，微微一笑，溫柔地抓了抓殺戮鳥的胸膛，然後臉色再次變得凝重，「妳覺得妳可以幫我們找到他們嗎？我不知道他們可能在哪裡。」

西紐身子向前傾，「到海上去找，摩根，試著找出綁走他們的船。如果沒找著，再去城裡找找看。」

「尋找有沒有什麼偷竊案。」歐嘉・西亞佛嘉說，「無論規模大小。去尋找偷竊後在空氣中留下的陰影。」

「如果妳找到那些孩子──」丹先生說。

「等妳找到那些孩子。」西紐糾正道。

老人點點頭，「等妳找到他們，盡可能幫助他們，把他們平安帶回來。」

「回──來──」摩根嘎嘎說著，兩腳動來動去，確保老人搔到癢處。

「那就這樣了。」丹先生站起來打開廚房門，「沒理由再閒晃了，快去吧。」

他肩上的鳥兒點了幾次頭，接著拍拍翅膀，飛出走廊。

等到摩根的振翅聲漸漸消失，西紐重重嘆了一口氣，「這樣好多了，我想。不過我希望──」他拿起豎琴，廚房緩緩傳出幾個焦慮的音符，「我真希望我們知道孩子們在哪裡！知道他們發生了什麼事！」

「博物館很快就會告訴我們。」丹先生說，「如果房間安定下來，那麼孩子們就沒事，正在回家的路上。但是如果情況變糟的話──」

他停下來，三名管理員凝重地看著對方。暖爐旁的籃子裡，布魯又開始啜泣起來，怎麼樣也無法平靜。

❖

麵包店外頭的街道安靜得鴉雀無聲。歌蒂蹲在門口的陰暗處，面具牢牢戴在臉上。她已經整整六個月沒有撬鎖，但是手指還沒有忘記技巧。她把鐵絲插進刀刃上方的鎖孔，開始依序推動裡頭的管子，每推開一根管子，她就聽見一記微弱的卡嗒聲。

幾條街之外，有個酩酊大醉的男子正在高唱一首關於失蹤孩童的歌曲。歌蒂努力不去聆聽。集中注意力，她告訴自己。

最後一根管子卡嗒一聲推了開來。歌蒂迅速看了看街道，然後推開大門。門開了一條縫就卡住，原來是從裡面門上了。

歌蒂拿出腰間的鐵桿，慢慢穿進門縫，感覺到門閂的位置。她鼓起勇氣，把鐵桿往上推，門閂順利升起。

停！她腦中的聲音嘶聲說。

歌蒂停下動作，信步離開門口，讓晚風像毛毯一樣裹住她。接著，她用冰冷的雙手握住鐵桿，重新開始。

這一次，她格外小心推開門閂，任何人看見了幾乎都不會發現門閂在動。當她來到上次停下來的地方，她稍作暫停，耳朵湊到門縫，把鐵桿往旁邊稍稍移動——這時聽見了金屬的微弱刮擦聲。

她小心翼翼抽出鐵桿，拿著臨時湊合著用的撬鎖工具穿過門縫。那聲音原來是條電線。要是她可以把電線牢牢勾住，門閂移動時電線就不會移動。現在輕輕的，輕輕的——

她成功了。門閂緩緩升起滑到一邊。電線使勁想要移動，但她不會讓它得逞的。她慢慢把門打開，心臟彷彿跳上喉頭似的，然後擠進了漆黑的麵包店裡。

有樣東西擦過她的小腿。她倒抽一口氣，差點鬆開電線。灰色花貓抬頭看了她一眼，衝到櫃檯後方。

「你在跟蹤我嗎？」歌蒂低聲說，「你想怎麼樣？」

當然，花貓沒有回應。她聳聳肩，希望這隻貓不會太惹人厭，然後轉身檢查那扇大門。

情況果然如她所料，門楣上方掛了一排警鈴。她舉手將它們割斷，然後取下撬鎖工具，緊閉雙眼靠在門邊，讓身心進入藏匿術三部曲的境界。

當初接受偷竊訓練的時候，虛無術是她學得最重要的技巧之一。雖然虛無術不會讓她隱形，但卻可以讓她變得毫不重要，就連光線穿透過去也不想停下來。只要她慢慢移動，絕對不會有人發現她。

我是月光下的塵埃，我是一場被遺忘的夢，我什麼都不是……

歌蒂的心智開始向外延伸，直到她感覺到附近的萬物百態，是大是小，是睡是醒。櫃檯後方有隻貓，牠蜷著身子，飢餓難耐，脈搏不停跳動著。牆內有老鼠和甲蟲，還有蟑螂正在竄來竄去忙著秘密勾當。在麵包店後面的房間裡，有四顆人類的心臟——兩個大人和兩個小孩——跳動著午夜的緩慢旋律。

歌蒂仔細聆聽那些旋律。兩個小孩肯定是邦妮和阿沫，可是兩個大人又是誰呢？哈羅也在這裡嗎？她記得指揮聽見這名字時受到多麼大的驚嚇，她只得噤聲不語，可是同時她也感到怒火中燒。以前，每當神聖護法經過的時候，璀璨城的市民也是這樣嚇得畏畏縮縮。歌蒂當時恨死了，現在更不可能喜歡。

我敢說哈羅喜歡讓大家害怕，她心想，我敢說他喜歡欺壓大家，這個嘛，他別想欺壓我！

她睜開雙眼。麵包店在她四周安然沉睡，空氣中充滿酵母的味道。她的腳下踩著石磚，麵包店後面有一扇方形的門。歌蒂像一片影子飄了過去，花貓從櫃檯後方溜出來，悄悄跟在身後。

她來到的第一個房間放了一個巨大的紅磚烤爐。房內沒有窗戶，非常暗，害她必須摸著牆壁前進，避免撞倒一疊疊的模具。

第二個房間是廚房和洗碗的地方。現在心跳聲越來越接近了，歌蒂慢慢走過去——然後突然停下腳步，猶豫不決。

「為什麼大家都睡得那麼安詳？」她對花貓低聲說，「不是應該要有人看守囚犯嗎？阿沫不是應該要試著逃跑嗎？或許他到現在仍昏迷不醒！」

花貓對她冷冷一笑，彷彿知道什麼她不知道的事情。

突然間，歌蒂驚覺這間麵包店根本不像失竊小孩會存在的地方，反之，有種……鬆口氣的感覺。彷彿危險的事情曾經發生，但是現在已經過去，妥善解決了，於是住在麵包店的人可以再次放鬆下來。

她溜到第一間臥房，努力忽視心神不定的感覺。我什麼都不是，我只是一只冷卻烤箱……床的一側有個女人正在打鼾，她的嘴巴張得老大，磨損的床罩蓋住頭髮。在她旁邊是麵包店的老闆，他的眉毛沾著麵粉，在睡夢中喃喃自語。

歌蒂讓兩人繼續睡，偷偷溜進隔壁臥房，裡面有兩個小孩躺在床上，她滿心期望地仔細一看——

卻是兩個陌生人。

心神不定的感覺更強烈了。她努力將這種感覺推開。邦妮和阿沫肯定在這兒的某個地方，肯定是的！說不定他們被關在一扇非常厚重的大門後方，所以她才感覺不到他們……

最後三個房間是儲藏室。前面兩間沒有窗戶，也沒有上鎖，裡頭空蕩蕩的。歌蒂站在黑暗中，聽著自己的呼吸聲。剩下最後一個房間了。

她幾乎提不起勇氣靠近它。她看見厚重的門外扣著門閂，心裡五味雜陳。

她拉開門閂。

她輕輕把門打開。

跟前面兩間不同的是，第三間儲藏室有一扇小窗戶，然而窗外透進來的煤氣燈光只照出光禿禿的四面牆，還有幾個隨意放在地上的麻布袋，好像有人發脾氣把它們丟到地上似的。

歌蒂靠著房門滑坐下來，有股想要哭泣的衝動。窗外某個地方有隻狗正在叫個不停，但她幾乎聽不見。她再也不能無視這殘忍的事實，邦妮和阿沫不在這裡。他們肯定是被帶走了，就在她進城閒晃的時候。

「笨蛋！」她激動地低語，但願自己多把腦中的聲音當一回事，「妳跟丟他們了！」灰色花貓從她的旁邊擦身而過，偷偷溜進房裡。「我現在該怎麼辦，貓咪？」歌蒂低聲說，希望待在身旁的是布魯，而不是這隻不友善的動物。

花貓不理她，只是一直盯著那些麻布袋，尾巴不停左右搖擺。在房間的盡頭一角，有東西在抓地板，花貓歪頭看過去。

又傳來一次抓東西的聲音。花貓枯瘦的下半身開始扭動，躡手躡腳走過對面的地板，然後拔腿往前衝。突然一陣恐怖的吱吱聲，後來又隨即恢復平靜。

歌蒂用力吞下口水，試著不去想她的朋友可能發生了什麼事。花貓悄悄經過她的身邊，嘴裡叼著奄奄一息的嬌小屍體。

❖

「他想要什麼？」守護者說。

民兵部隊隊長清清喉嚨，「他想要幫忙，守護大人。抱歉這麼晚打擾妳，但其中一名士兵告訴他有關孩童走失的事情，他覺得他可能有辦法找到他們。我想妳會想要早點知道這件事。」

守護者撥開眼睛周圍的頭髮。她幾個小時前就應該睡了，可是她睡不著，對那些失蹤的孩子很是擔心，現在又多出一樁首輔提出的荒唐事。「他在坐牢！」她厲聲說，「他怎麼可能找到任何東西？找到幾隻臭蟲倒是有可能。」

「他說他有管道，守護大人。曾經與他合作過的人遍及法龍半島，南方群島也有不少。他們不是一幫好人——他承認自己以前不是好孩子。不過這樣也好，守護大人，如果綁走孩子的是罪犯或人口販子，那麼誰比那些傢伙更有機會找到孩子呢？」

守護者感覺內心湧起一股熟悉的怒氣，「告訴首輔——前首輔——說我們不需要——」

她強迫自己不再說下去。或許她不應該那麼草率行事。畢竟西紐打聽後無功而返，而她同樣一無所獲……

「為什麼他想要幫忙？」她說，「他想要什麼？錢？還是想要重新取得他人的好感？」

「他說他真心感到懊悔，守護大人。」

守護者冷冷地放聲大笑，「我敢說他很懊悔，可是他真正的原因是什麼？」

「或許——或許他希望可以從輕發落。」

「嗯，我想可能是了。」

「守護大人，如果他是真誠的，那麼也無傷大雅。他的惡棍朋友說不定真的有辦法幫忙。」

「如果這是個圈套呢？」

「那麼我們必須盡快揭穿它。」

守護者往椅背一靠，「他需要什麼？」

「他想用信號燈發出一些訊息，就這樣。他說如果妳願意讓他進入懺悔之家的辦公室，再給他一名信差，他可以在那裡發訊息。」

「我還是不太喜歡這個主意。」

「他會受到嚴密監視，守護大人。我們也會確保在訊息發出前先讀過一遍，絕對不會讓他趁機胡說八道。」

「我想——」守護者嘆口氣，覺得自己衰老了許多，「如果有機會可以找到那些孩子，那麼我只能答應了。」

「妳不會後悔的，守護大人。」隊長說。

「希望如此。」守護者說，「希望如此。」

10 白髮男孩

歌蒂縮在一個地下廚房的煙囪旁邊，度過剩下的悲慘夜晚。她斷斷續續打著瞌睡，等到鍋碗瓢盆的撞擊聲從底下應聲傳出，她便慢慢爬起來，緊緊套上破舊的外套，走回麵包店。空氣比往常冷冽，飢餓感強烈得彷彿胃裡裝了硬邦邦的石頭。

她可以清楚看見麵包店後頭的一舉一動，不過大門還沒打開，附近只有幾個衣衫襤褸的孩子在地上走來走去尋找麵包皮。

歌蒂加入他們，找到一些勉強可以充飢的食物。後來，她又發現馬車的輪胎印，但跟了兩條街後，就淹沒在上百個相似的輪胎印之中。

她腦中的聲音低語，*妳漏了某樣東西*。

歌蒂回到麵包店，花了大半個早上混雜在行人當中仔細觀察。她到處不見花貓的蹤跡，更沒有發生任何事可以帶她找到朋友。

可是腦中的聲音又再次低語，*漏了某樣東西……*

她絞盡腦汁思考昨晚搜尋時可能遺漏的地方，可是她很肯定真的沒有，除非把烤麵包的模具和空的麻布袋也算進去的話。

到了中午，她放棄監視，把鐵桿藏在繩索旁邊，出發搜尋城市的其他地方。街上擠滿人群，歌蒂多麼希望阿沫在她身邊，希望兩人正在一起尋找邦妮。她也希望自己可以跟歐嘉・西亞佛嘉或丹先生或西紐說話。她覺得好孤單，她不知道這個下午該怎麼做，能夠改變早上的窘境。

在她的大腦深處，聲音低語著，漏了某樣東西……漏了某樣東西……

等她來到另一個廣場，冬季太陽已經低掛在天空中。這個廣場比昨天的小，四面八方充斥著許多商店，店家上方的遮陽棚收了起來，店內是一片漆黑。而在商店前方，肉桂、肉豆蔻、胡椒子和薑粉從麻袋裡灑出來，還有幾罐蜂蜜石甕，以及咖啡豆和可可豆。

廣場正中央聚集了一群人。歌蒂搖搖晃晃走過去，希望可以找點東西吃，然而她卻發現一個白髮小男孩，雙腳赤裸站在一台搖搖欲墜的嬰兒車旁邊。嬰兒車的上方釘了一塊木板，車內的紙片多得溢出來。

人潮前方有個男子舉起一枚硬幣，「來，小伙子。」他說，「給我算算命吧。」

那男孩看起來大約六、七歲，身形非常瘦弱，雙腳凍得發紫，但是他散發出一種快活的性格，讓歌蒂立刻感到精神振奮。他接過硬幣，放進口袋，然後輕輕吹著口哨。

嬰兒車傳出窸窸窣窣的聲音，接著開始搖晃起來。過了一會兒，一隻白老鼠叼著一張小紙片爬上木板，接著很快又來了另一隻，然後又一隻，再一隻。不久之後，共有十二隻老鼠整齊站在一排，嘴裡各自叼著一張小紙片。牠們有著純白毛皮，還有粉紅色的眼睛和尾巴。牠們抬頭看著小男孩，彷彿在等待指令。

他又吹了聲口哨，於是老鼠紛紛把小紙片放在木板上。

「就這樣？」男子說著，往前踏一步。

男孩舉起手，彷彿在說，「等等。」他把頭歪向一邊，盯著那些小紙片。從歌蒂站的地方看過去，那些紙片似乎是從書報撕下來的。有些紙片只有一個字，有些則是一整句話，還有兩張紙片只有圖片，一個字也沒有，不過歌蒂看不清楚圖片上面是什麼。

男孩把紙片移來移去，把其中一些丟回嬰兒車，等到他滿意了，便點點頭。

「嗯，」男子對朋友眨眨眼說，「讓我們來看看我的命運如何。」

他用手指依序指著每張紙片，然後大聲唸出來，「棉質短襪——啊，這想必與我做的生意有關。」他讚許地點點頭，「這是個好的開始，小伙子。雖然我不做短襪，但是棉花這部分你倒是說對了。那麼接下來是什麼？長手，這是什麼意思？下一個，有天會生病。這有任何意義嗎？」

白髮男孩聳了聳肩。

男子滿臉困惑地看著那些紙片，表情突然明朗起來。他轉向其中一個同伴，那個同伴的鼻子又短又扁，一隻手臂上了夾板，「等等，史派德，我想這些紙片說的是你！長手，意思接近手臂，對吧？」他對群眾眉開眼笑，「史派德是我的會計師，昨天不小心摔斷手臂，可憐的東西。那些老鼠真是聰明的小乞丐，不是嗎？」

大家望著年輕的史派德，他的臉微微一紅，害羞得無法享受這份關注。

他的老闆指著下一張紙片，「喔，越來越有趣了。不要背叛我，喔親愛的，聽起來出自於某個悲慘的愛情故事。然後是下一張，五十萬銀幣。」

他哈哈大笑起來，可是歌蒂看得出來他不如之前那般樂不可支。史派德的臉一下子沒了血色。

男子轉向白髮男孩，「這是真的嗎？」

男孩點點頭。

「謊言日明天才開始，小伙子，今天說謊可饒不了你。你確定是真的？」

男孩再次點點頭。

男子彎腰看著其餘的紙片，歌蒂發現他的臉沉了下來。他低聲咒罵一句，然後突然一個動作，轉身抓住史派德另一隻沒受傷的手臂。

會計師嚇了一跳，想要把手抽開，可是男子抓得很緊。「出去旅行是吧，史派德？」他咆哮著說。

「你——你是知道的，梅斯先生。」史派德結結巴巴地說，「你——你准我去探望住在海邊的母親，直到傷好了再回來。」

「啊，對了，你的手臂。」梅斯先生說，「究竟是哪裡摔斷了？」

「那——那裡，先生。」史派德指著手肘下方說，「只是輕微骨折，不是很嚴重。我很快就會回來工作。」

梅斯先生仔細盯著他看，然後，令歌蒂驚訝的是，他笑了。「當然，」他說，「我從未懷疑。」說完，他放開會計師的手臂。

群眾嘆了口氣。史派德的臉頰漸漸恢復血色，但是在他還來不及開口說話之前，梅斯先生又突然伸出手，抓住那隻骨折的手臂——正好抓在手肘下方。

史派德過於驚嚇，花了一、兩秒鐘才反應過來。接著他咕噥著說，「唉唷。」

這個反應完全無法讓人信服，群眾開始議論紛紛起來。梅斯先生湊到年輕人旁邊。「史派德，」他咆哮著說，「我們得好好談一談錢的事情，現在！」

兩人漸漸消失在群眾之中的時候，歌蒂聽見史派德害怕的聲音。「我——我打算還回去了，先生，真的。我只是借——借一下。」

群眾的目光紛紛向他們看過去。一、兩個觀眾拿出硬幣，彷彿也想要算命，但是再三考慮後，又把錢收了回去。過了不久，大家就漸漸散去了。

歌蒂看著剩下來的紙片。第一張紙片上面是一艘船的圖案，第二張則寫著，大逃亡。

「牠們怎麼會知道？」她問那個白髮男孩，「有關那個會計師的事情，老鼠怎麼知道該叼出哪些紙片？」

男孩靦腆地微笑，但是沒有回答。他把剩下的紙片掃進嬰兒車，然後對老鼠伸出手。牠們急急忙忙停在他的肩膀和頭頂，開始清理自己，舔舔小腳，刷刷鬍鬚和耳朵。牠們三不五時會突然停下來，改為清理男孩的耳朵，或是輕咬著他的亂髮。

突然間，其中一隻老鼠吱吱發出警告，另外十幾隻老鼠立刻抬起頭，背上的寒毛直豎。

歌蒂回頭一看，在地上躡手躡腳、目光盯著老鼠的，是那隻灰色花貓。

「走開！」歌蒂說著，用力跺腳。

花貓根本沒有注意到她，所有注意力都放在老鼠身上。牠的尾巴左右搖擺，牙齒格格作響，骨瘦如柴的下半身緊貼地面……

然後，牠向前撲了出去。

11 極大的危險

小男孩舉起雙手保護他的老鼠，與此同時，老鼠紛紛跳回嬰兒車尋求避難。有些老鼠的動作比其他老鼠快得多。男孩頭上的三隻老鼠等到最後一刻才跳回去，彷彿不忍心拋棄他。然而，待牠們縱身一跳之際，花貓早已經改變方向，不偏不倚落在嬰兒車上方的木板。牠張開爪子，準備趁三隻老鼠落下的時候一把撈起。

可是不知怎地，三隻老鼠同樣改變了方向。牠們的雙腳又踢又蹬，小小眼睛嚇得凸出來，同時一起偏離嬰兒車，落到了地面上。

花貓朝牠們衝過去，雙眼炯炯有神。

「不！」歌蒂放聲大叫。她從口袋拿出阿沫那把尚未掀開的瑞士刀，用力丟出去。瑞士刀擊中花貓的腦袋，暫時讓牠暈了一陣子。老鼠趁機跑過地面，鑽進了下水道。花貓還來不及冷靜下來追過去，男孩便朝牠撲了過去。

「小心！」歌蒂大聲說著，想起哈羅那隻鬥犬先前的遭遇。

男孩迅速低頭，溫柔地哼著歌，雖然花貓嘶嘶地叫個不停，爪子卻沒有伸出來。

歌帝撿起瑞士刀放回口袋。男孩先是一臉質疑地看著她，彷彿想要問問題，然後往下水道看了過去。

「你要我去把老鼠捉回來？」歌蒂說。她仍然對那隻花貓心存顧慮，擔心牠可能會做出什麼事情來。

男孩點點頭。花貓在他懷中扭來扭去，他卻把牠緊緊抱在懷中，然後開始對牠吹口哨，就像對老鼠吹口哨那樣。

歌蒂在下水道前面蹲下來。起初，她什麼也看不見，後來當雙眼適應了黑暗，正好可以看見三個縮在一起發抖的白色毛球。

她伸出手，「來吧，小老鼠。」她輕聲說。三對粉紅色的眼睛緊張地看著她，「關於那隻貓我很抱歉。」她說，「我早該知道牠會出現，牠一直跟著我。」

她放低聲音，手靜止不動，不久後，其中一隻老鼠開始梳洗，另外兩隻跟著加入，邊把毛皮舔順，邊清理爪子和鬍鬚。漸漸地，牠們不再發抖。

歌蒂回頭一看，男孩的雙眼半開，睡眼惺忪地低頭看著花貓。讓歌蒂驚訝的是，那隻貓回看著他，發出一種不熟練又帶點刺耳的呼嚕聲。所有兇猛的特質都軟化下來，現在歌蒂可以看出藏在底下的優雅。

「我想你們的主人已經馴服那隻貓了。」她對老鼠低聲說，「你們現在可以出來了。」

三隻老鼠舔了舔爪子，整理鬍鬚，然後一個接一個朝歌蒂的手掌前進，先是仔細檢查一番，最後爬了上去。

歌蒂不知道花貓再看見這些老鼠會有什麼反應，所以她把牠們藏在外套裡。老鼠在她的手中扭來扭去，溫暖又充滿活力，她希望可以永遠留下牠們。

不過，男孩已經放下花貓，伸手準備迎接他的寵物。歌蒂只好勉強把牠們還回去。牠們在男孩的皮膚聞到敵人的味道，於是抗議地吱吱叫了起來。

花貓的耳朵往旁邊一轉，然後蹲低身子，尾巴拚命擺動，目光直盯著男孩的手。

就是這個時候，白髮男孩做出一件讓歌蒂吃驚的事情。他的雙手攤平，三隻老鼠坐在上面，毫無防備，而他竟然在花貓身邊蹲了下來。

「我不覺得——」她開口說。

但是男孩沒有聽她說話，他正在對花貓和老鼠解釋牠們必須成為朋友。至少歌蒂聽起來是這麼回事，雖然男孩發出的聲音不過是嗡嗡低吟。

花貓的耳朵來回翻動，彷彿在思考什麼新奇的想法。漸漸地，牠不再那麼兇猛，往前踏了一步。有那麼一會兒，三隻老鼠看起來彷彿想要表現堅強，但接著便失去勇氣，跑到男孩的手臂上，鑽進他的外套裡。

男孩又低吟了幾句。花貓坐得很近很近，鬍鬚都碰到了他的指尖。牠花花的四肢動也不動，彷彿大木神的雕像，雙眼則疲憊地眨個不停。

慢慢地，老鼠一隻接著一隻從男孩的外套裡探出頭來，又慢慢地從他的手臂爬到他的手心。牠們伸長脖子向前看，直到快要碰到花貓的鬍鬚才停下來。牠們皺皺鼻子，搖搖小腦袋，然後打了個噴嚏。

接著，牠們坐下來，開始清理自己，彷彿身處世界上最安全的地方。

歌蒂大聲地發出一聲哇喔，「你是怎麼辦到的？」

男孩站起來，咧嘴一笑，把老鼠放回嬰兒車。花貓溫馴地躺在他的腳邊，彷彿這輩子從沒想過傷害別的生物。

男孩用極輕快的動作，把手放在歌蒂的臂膀上，然後再放下。

「怎麼了？」歌蒂說。

男孩指了指嬰兒車。

「你要我推這台嬰兒車？不，你想要送我這台嬰兒車？不，我想應該不是。喔，你想要幫我算命。」

男孩點點頭。歌蒂嚥了口口水，想起阿沫和邦妮。命運或許可以告訴她該到哪裡找他們，或者至少可以給她一點線索，「我沒有錢。」她說。

男孩聳聳肩，吹了聲口哨。

這一次，當老鼠叼著紙片爬上木板，歌蒂已經知道是怎麼回事。她耐心等待男孩把紙片換來換去，弄成一幅他滿意的形狀和顏色。

等他完成之後，總共剩下四張紙片。第一張是一座高山的圖片，第二張僅僅寫著危險兩字，第三張寫著友情是，第四張則是兩句完整的句子，看起來像是從書上撕下來的。你還在這裡，先生。這表示你願意幫助我嗎？

歌蒂的心沉下來。這些紙片看起來跟邦妮和阿沫一點關係也沒有，或許除了危險那兩個字吧，可是為什麼會有高山的圖片呢？

「這裡的意思是高山很危險嗎？」她說，「可是附近根本沒有山，所以或許這裡指的不是真正的山，只是——只是某個堅硬的東西，不對，是某個大東西，看啊，這座山很大，所以或許這裡指的是，嗯，大危險。不對，是極大的危險，就是這樣。」

她的背脊不禁打了個寒顫。哈羅……

男孩再次碰了碰她的手臂，輕得宛如飛蛾。

「抱歉。」歌蒂說完，把下半段的算命結果大聲唸出來。男孩睜大雙眼，先拍了拍胸膛，再指了指老鼠和花貓。

「友情。」歌蒂說，「還有某個幫助我的人。你認為這裡說的人是你嗎？」

男孩又指了指老鼠和花貓。

「你認為這裡說的是你們所有人？」

男孩對她露出微笑，然後握住嬰兒車的把手，邁步離開廣場，花貓緊緊跟在後面。歌蒂沒有移動。

男孩發現她沒有跟上來，於是回頭對她招手。歌蒂想要跟他走，可是她即將陷入極大的危險，不希望其他人因此受傷，所以她只是揮揮手，大喊著，「謝謝你幫我算命。」

男孩再次對她招手。歌蒂腦中的聲音低聲說，跟他走。她卻予以忽視，然後轉身離去。

她還沒走遠，這時候突然感覺到有東西碰撞她的小腿。花貓抬頭凝視著她，「咪——嚕？」

她試圖繼續往前走，可是每走一步，花貓就纏上她的腳踝，「小心。」她說。

「呼——嚕。」花貓叫著，彷彿在跟她說話，接著在她的正前方坐了下來。

歌蒂從旁邊繞過去，牠立刻移動位置，速度快得讓歌蒂簡直看不見牠，然後又坐了下來。

她氣呼呼地瞪著花貓，「你想怎麼樣？」

「噗——嚕。」花貓下達命令，雜亂的尾巴高舉空中，開始沿著原路驕傲地往回走，偶爾停下來回頭看一看。男孩在廣場的另一邊看著他們倆。

跟他們走，聲音低語著。

「不，」歌蒂說，「我不想。」

這是謊言，她心知肚明。太陽幾乎就要消失在香料廣場周圍的建築物後方，一陣寒風從港口邊吹來。不久，天色將漸漸變暗，如果她現在轉身離去，她知道自己又得孤零零地度過另一個夜晚，或許後天也是如此。

她不認為自己有辦法再忍受下去。

花貓轉身面對她。「好吧。」歌蒂立刻說，「我跟你們走。」

「現？」花貓說。

「對，就是現在。」

12 來自阿沫的消息

白髮男孩住在下水道裡，那兒非常老舊，大得足以直接在裡面行走，看起來明顯已經好幾年沒有使用了，但仍然是個下水道，兩側的磚塊結滿了爛泥。

歌蒂跟隨男孩走進黑暗中。嬰兒車在崎嶇地面上格格作響，她可以聽見某處有水在滴的聲音。蟑螂急急忙忙跑過她的腳邊，花貓像個獄卒走在她的身後。

「我們要去哪裡？」她低聲說，但知道不可能有回覆。

歌蒂心想，她或許可以相信這個白髮男孩，可是她不知道還有誰住在這裡。於是乎，當她見到前方的微弱黃光，她立刻停下腳步，用腳踢了一塊石頭。雖然石頭僅僅發出再輕微不過的聲響，那道光立刻就熄滅了。

空氣在流動，彷彿隧道裡有人正躡手躡腳地接近她。歌蒂不禁起了一身雞皮疙瘩。

「這是誰，耗子？」沙啞的嗓音低聲說，「你在做什麼，把其他人帶到這裡來？」

聲音聽起來像個男孩。歌蒂壓低自己的聲音，「我──呃──正在找地方睡覺，我的名字是葛──葛勞。」

「是啊，我還是禿神索克的奶奶呢。妳以為我是笨蛋嗎？妳是女的。」

歌蒂聽見打火器的打火聲，燈光又亮了起來。她想得沒錯，確實是個男孩。他戴著一張黏滿鴿子羽毛的自製面具，半掩著他的臉龐。而他的纖細手臂則披著毛毯，手中的燈籠裝著一根滴著油的粗蠟燭。

「我跟你說過了，耗子。」男孩生氣地說，「你不能把其他人帶到這裡來，這裡只有你和我，只有耗子和龐斯。一直都是這樣，永遠都是這樣。」

耗子的雙手不停飛舞，打著奇怪版本的手語。有事在歌蒂的腦海翻攪著。

漏了某樣東西，腦中的聲音低聲說，漏了某樣東西……

「幫她？」第二個男孩滿臉厭惡地看著歌蒂，「我們都自身難保了。」他又指了指花貓，「還有，你從哪兒找來這隻面目猙獰的傢伙？」

耗子聳聳肩。

「我想你也打算把我們的床讓給她囉？」龐斯沿著隧道大搖大擺往回走，一邊嘀咕個沒完。

耗子推著搖搖晃晃的嬰兒車緊跟在龐斯後面，歌蒂跟了上去。不久後，他們來到兩條隧道的交接處。右手邊的陌生隧道被落石擋住了去路，一張毛毯懸掛在上面隔成一個房間。房間一角圍了一圈石頭，營火在其中燃燒。營火旁邊，床單和毛毯堆成了一個窩。

這個小房間出奇暖和。歌蒂把雙手伸到營火邊不斷摩擦，希望雙手再次恢復活力。花貓擦撞她的雙腿，然後就在她身邊躺了下來，喉嚨發出沙啞的呼嚕聲，歌蒂感到驚訝不已。

歌蒂飢餓地看著龐斯從方形的大盒子裡拿出半條麵包、一罐果醬和一根紅蘿蔔。他切了厚厚的兩塊麵包，塗上果醬，然後遞了一塊給耗子，又朝自己的那塊咬了一大口，面具底下的雙眼狠狠瞪著歌蒂。

「我什麼都不會給妳的。」他說著，果醬在齒間閃閃發亮，「這不是妳掙來的，不像我和耗子。」

白髮男孩皺了皺眉頭，然後對歌蒂露出微笑，把自己的那塊遞給她。

「耗子。」龐斯說，「別那麼軟弱！我要跟你說多少次？」

小男孩又笑了笑，伸手要那根紅蘿蔔。龐斯嘆口氣，把紅蘿蔔切成若干的紅蘿蔔丁。歌蒂沒有聽見口哨聲，可是白老鼠開始從嬰兒車湧出來，急急忙忙爬上耗子的背，坐在他的肩膀兩側，從他的手中拿走紅蘿蔔，再帶回嬰兒車內。花貓平靜地望著牠們，像個女王對著子民們微笑。

「這樣你有什麼好處？」龐斯說，「什麼好處也沒有。要不是我，你早就餓死了。」

他又切下一塊麵包，塗上一些果醬。「拿去。」他邊抱怨，邊把麵包遞給耗子，「別再給出去，否則我就宰了你。」

麵包雖然不是剛出爐的，但也不至於不新鮮。歌蒂細嚼慢嚥地品嘗，讓味道在嘴裡留久一點。她可以聽見老鼠在嬰兒車裡發出窸窸窣窣的聲音。

「妳打哪兒來的？」滿嘴麵包的龐斯說。

「璀璨城。」

男孩輕蔑地笑了出來，「妳以為我是笨蛋嗎？璀燦城的人個個長得像狗，小鬼頭更是瘋狂。他們必須用鏈條把小鬼頭綁起來，否則他們會把人咬死。」

耗子嚴肅地點點頭。歌蒂忍住大笑的衝動，說著，「我——嗯——我掙脫了鏈條然後逃出來。」

龐斯凝視她許久，彷彿正在觀察她有沒有危險，接著哼了一聲，用手肘撐著身子，「那麼，一個來自璀璨城的瘋狂小鬼頭在史波克做什麼？」

歌蒂知道她需要有人幫忙尋找她的朋友，並從哈羅和他的手下那裡把他們救出來。可是她沒有忘記樂團指揮的反應，所以她只是說：「我有任務在身。」

「如果妳得住在這裡，想必酬勞不是很高。」龐斯對著這個煙霧瀰漫的洞穴揮揮手。

「不是你想的那種任務。」歌蒂說。

「妳叫什麼名字？妳的真名。」

「我的真名不重要。」她猶豫了一會兒，想著她對這座城市的不了解，想著她可能需要知道的事情，「告訴我有關謊言日的事。」

「妳拿什麼跟我換？」

耗子的雙手再次飛舞起來。龐斯哼了一聲，「今晚你真是個好好先生啊，耗子。別以為我不會不給你吃早餐，到時候你就知道。」

白髮男孩咯咯輕笑，龐斯故作正經地站了起來，「說到謊言日，」他說，「第一課，謊言日是給傻瓜還有璀璨城小姑娘的節日。」

他傾身向前，好讓營火照映在他的面具上。他的聲音少了嘲弄，開始變得嚴肅，「一年一次，為期三天，史波克城的所有一切都成了謊言。」

「所有一切？」歌蒂懷疑地說。

「閉嘴，仔細聽好。在節日期間，任何人、任何事都不可以相信。一切都顛倒了，而且說謊的不只是人。」他的聲音化作耳語，「整座城市也在說謊，這是件好事。」

「什麼意思？」

龐斯的手指開始在膝蓋上畫圈圈，「大家都在說謊，對吧？然後所有的謊言開始像漩渦聚在一起。」他的圈圈越畫越大，「這些漩渦漸漸堆疊成天大謊言。天大謊言並不多，節慶期間大概只有兩三個到四個。沒人知道什麼時候會出現，但是如果妳碰上一個，妳就會感覺到周圍空氣開始嘶嘶作響，充滿著謊言、虛構的故事等等。就是這個時候妳必須準備好妳自己的謊言，很棒的那種！」

「為什麼？」歌蒂說。

「就像這樣。」龐斯說，「假設我和耗子走在大街上，對吧？只不過我說的時間是明天晚上，正是謊言日進行到最高潮的時候。突然，我覺得周圍空氣開始嘶嘶作響，同一時間有人對我說：『嘿，龐斯，你和耗子現在住在哪裡？』接著我說：『我們在神殿山上有個典雅的小房間，裡面有羽毛床、壁爐等等的東西，還有很多食物，而且沒有蟑螂。』然後妳知道會發生什麼事嗎？」

歌蒂搖搖頭。

「突然間，我和耗子就現身在那個小房間裡。整整一天一夜我們瘋狂地大吃大喝，睡在壁爐前面的羽毛床上，然後以為自己一直都過著這樣的生活。因為那嘶嘶作響的感覺就是天大謊言，可以讓妳的謊言成真。」

歌蒂盯著他，希望他沒有戴著面具。她看不見他的表情，無法斷定這個故事本身是不是同樣是個謊言。她從那堆鴿子羽毛什麼也看不出來。

「妳不能作弊。」龐斯說，「有人必須問出正確的問題，否則就沒用了，而妳也必須給出正確的答案。如果妳這麼做，天大謊言可以帶妳到任何地方，任何地方！如果妳想要的話，整整一天一夜的時間，妳可以變成完全不同的人。」

耗子嚮往地舔著手指。「那麼，當事情結束了之後怎麼辦？」歌蒂說，「這樣回到現實不是更困難嗎？」

龐斯咧嘴一笑，「可是妳也許不必如此，知道嗎？因為在天大謊言結束後，這座城市總是會給妳帶走某樣伴手禮，某樣真正的東西。可能是羽毛床的羽毛，可能是羽毛床本身，或者是整個房間。」他的雙眼亮了起來，「這可不得了，不是嗎？整個房間耶！」

歌蒂凝視著營火。又一次地，史波克城讓她聯想到博物館，一個神奇又充滿魔力的地方。如果她可以找到其中一個天大謊言就好了！這樣她就能與哈羅相互匹敵了！

不可能，她搖搖頭。龐斯大概只是在胡說八道。她觀察到目前為止，謊言日不過是一群人戴著面具亂丟食物罷了。龐斯想要捉弄她，因為她是個外地人。

一個想要從人山人海的城市中找尋兩名被竊孩子的外地人。

耗子打了個哈欠。龐斯從後面一堆雜物中拿了一根椅腳，戳了戳營火中央，「妳到角落睡吧。」他對歌蒂說完，對花貓點點頭，「帶上那隻討厭的老骨頭，我不信任那東西。看，牠盯著我的眼神多邪惡。」

歌蒂已經筋疲力盡，她很高興可以披著毛毯縮在角落，還有貓咪湊在腳邊。在她漸漸進入夢鄉之際，最後聽見的是她腦中的聲音在竊竊私語。

漏了某樣東西……

❖

幾個鐘頭後，她不確定是什麼叫醒了她，可能是硬邦邦的地板，或是蟑螂，或是冰冷的空氣。營火幾乎已經熄滅，而龐斯給她的毛毯不過是條破布。只有她的腳踝是暖的，因為花貓躺在上面。

小房間的另一邊，兩個男孩輕柔地打著鼾。歌蒂把那張無法禦寒的毛毯拉到下巴，心思飄到爸媽身上，她趕緊甩開這個想法，改想著阿沫和邦妮。

漏了某樣東西，腦中的聲音低聲說。

歌蒂不禁嘆了口氣。或許她真的漏了某樣東西，可是她完全不曉得是什麼。

她翻過身，想要換個舒服的姿勢，結果吵醒了花貓。牠站起來伸伸懶腰，那不太熟練的呼嚕聲在她耳邊響個沒完。

實在很難想像這隻貓就是當初拒絕從她手中接過食物的野生動物。歌蒂搔搔牠的頸子，牠則貼在她的身邊，親切得讓她的煩惱和孤單頓時減輕許多。

「貓咪，」她低聲說，「當初你和我一起在麵包店裡，我到底漏了什麼？」

呼嚕聲變得越來越響亮。歌蒂的雙腳突然感到加倍寒冷，「嘿！」她說，「把毯子還給我！」

她伸長了手，可是花貓把毛毯拖到她搆不到的地方，一邊用爪子拍著玩。

「現在很冷，別玩了。」歌蒂把毛毯搶回來包住全身，然後再次躺下，想讓自己暖和起來。

漏了某樣東西，腦中的聲音低聲說。

耗子在睡夢中喃喃自語，歌蒂發現自己正在想著這小男孩所用的奇怪手語。她從來沒有見過類似的手語，這跟她和阿沫認識的手語大不相同——

她的思緒突然停滯下來。那幾個字在她心中好似鐘聲般噹噹作響。

手語。

阿沫。

花貓。

毛毯。

儲藏室。

漏了某樣東西……

「老天啊！」她坐了起來。

龐斯從破舊的床單底下探出頭來，氣得大聲咆哮，「幹什麼？」

「沒事。」歌蒂說。雖然她的腦袋轉個不停，差點忍不住大叫的衝動。

「如果妳打算劃破我們的喉嚨，等我睡著之後再說。」

「別擔心，你不會有任何感覺的。」歌蒂說。

龐斯哼一聲，然後過了一分鐘左右，他的呼吸又變得緩慢且沉重。歌蒂盯著燒紅的木炭，可是腦中看到的卻是麵包店裡最後一間儲藏室，地上隨意放著幾個麻布袋的那間。

要是那些麻布袋不是隨意擺放的呢？倘若那個麻袋是刻意捲成拳頭的形狀呢？就像手語所代表的字母『G』。然後隔壁那個是字母『R』，再旁邊那個是……

歌蒂興奮得心跳差點漏一拍。她的朋友曾經待在那個小房間裡。他們被帶走了，可是臨走前，阿沫——聰明伶俐的阿沫——找到方法給她留下一則訊息。

在營火的餘光照映下，她在積滿灰塵的地板寫下那些字母。

G. R. N. C. T.

她看著這些字母看了好長一段時間，然後雙眼突然睜大，重新寫下，這一次在中間加了一個空格。

GRN CT

她又寫了一次，只是這次她加了一些字母。

GREEN CAT（綠色貓咪）

有那麼一會兒，她被開心的感覺沖昏了頭。但是後來她坐下來，滿臉困惑。綠色貓咪？這對她有什麼幫助？這可能代表什麼意思呢？

她抓抓手臂，納悶龐斯給她的毛毯是不是有跳蚤，然後又回頭繼續看著那些字母。

它們一定代表什麼。如果不是重要的事情，阿沫不可能會留下訊息。

「綠色貓咪。」她凝視著營火低聲說，「綠色……貓咪。」

就在這時，她突然想到了。第一天來到史波克的時候，她看見戴著馬面具的男子和賣炸肉餅的老婦人，還有如鸚鵡般的鮮綠色斗篷……

她再次寫下字母，然而這一次，隨著脈搏在耳邊砰砰作響，她加了幾個字。

GREEN CLOAK. CAT MASK.（綠色斗篷，貓咪面具）

小房間的另一邊，營火劈劈啪啪地旺起來。花貓滿意地瞇著眼睛，彷彿歌蒂是一隻終於做了聰明事的小貓咪。

「我必須找到她，我必須找到那個穿綠色斗篷的女人。」歌蒂低語著，聲音小得連她自己都快聽不清楚。

爾後，她把寫下的字跡擦去，裹著毛毯躺了回去，耐心等待早晨的來臨。

❖

西紐納悶，為什麼博物館總是把最劇烈的瞬變留在半夜？現在的他，坐在仕女之哩的陽台上，拿著豎琴彈奏第一首歌的流暢曲調，同時打著哈欠，嘴巴大得讓他覺得自己可能會裂成兩半。

他可以聽見丹先生待在樓下的走廊，邊撫摸牆壁，邊唱著同樣的怪異曲調，一種源自於古早時期的曲調，早得甚至連人類都還沒有出現，「吼喔喔——喔，」老人唱著，「嗯嗯喔喔喔——喔喔。」

管理員的四周，房間個個激動又煩躁。那些擱淺在粗暴湯姆館、船桅高聳的帆船發出呻吟，彷彿木板快要被暴風雨吹垮。老礦梯館內，地面裂了許多裂縫。狂野音樂由地心深處蜂擁而上，如熔岩般滾燙。

布魯坐在西紐的懷中，小小的白色腦袋歪向一邊，黑色耳朵高高豎起。鄧特博物館有怪事正在蠢蠢欲動，連丹先生和歐嘉．西亞佛嘉都感到驚訝的事。無論孩子們怎麼了，看得出來博物館真的很不高興。

不過第一首歌是個強大的工具，不久後，狂野音樂和房間就漸漸平靜下來。西紐又多彈了幾分鐘，然後放下豎琴，靠在牆上閉起眼睛。

「這次的瞬變可真嚴重。」他對布魯喃喃地說，接著打了個哈欠，「我希望摩根可以快點找到孩子。我知道他們聰明又勇敢，但就是忍不住擔心他們——」

突然，嚎叫聲打斷了他，這個聲音過於低沉且嚇人，不可能出自於一隻白色小狗。西紐甚至還沒張開眼睛，就已經知道會看見什麼。

在鄧特的早期年代，懶惰貓、拉姆怪和暴風犬曾經充斥法龍半島，導致當時的新居民在床鋪裡夜夜發抖。但那已經是五百年前的事了，懶惰貓和拉姆怪早就消失，被捕到絕種了。暴風犬也已經消失，一隻不剩——除了布魯以外。當他嬌小的時候，看起來不危險，但是一旦變大……

西紐抬頭看著這隻巨大的黑色獵犬慢慢在他頭頂浮現。「怎麼了？」他立刻說。

布魯的鼻子不斷抽動，寶石般的赤紅雙眼閃爍著光芒。他說話的時候，嗓音就像越來越靠近的隆隆雷聲，「我聞到了，聞到了惡臭的東西！」

西紐跳了起來，完全忘記自己的疲憊，「在哪裡？」他說。那味道彷彿一桶穢物朝他撲鼻而來，他立刻反感地捏住鼻子，「老天啊！你說得對，好臭。」

他扶著陽台望出去，「丹，」他叫道，「那是什麼臭味？」

丹先生在空氣中聞了聞，接著驚訝地睜大雙眼。

「怎麼了？」西紐說，「是什麼？」

老人搖搖頭，「我真不敢相信！那傢伙打哪兒來的？肯定是塞在某個角落，就這樣睡了好幾百年——」

「什麼？」

回答這個問題的卻是布魯。他背部的每根毛髮都豎了起來，雙眼激動地閃著紅光，「是拉姆怪！有隻拉姆怪從博物館跑出來了！」

13 謊言日

第二天早上，歌蒂和花貓從下水道走出來，發現一切都變了模樣。史波克城的大街小巷掛滿旗幟，到處人山人海。沒人準備去工作，反之，大家都在攤販車附近閒逛，買著模樣怪異的飲料和棺材形狀的餡餅。

大部分的路牌都已經消失，剩下來的不是變了方向就是被對調。地下廚房在門口掛上寫著理髮店的招牌，理髮店則裝飾成廚房的模樣。歌蒂經過理髮店時，一個戴著面具的男子衝出來，塞了一塊蛋糕到她的手中。

「早餐給你，小子。」他說。

歌蒂觀察那塊蛋糕，看起來好得很。她咬了一口，立刻又吐了出來，「裡面有頭髮！」

「不，才沒有。」男孩說完，大步走回店裡，得意地放聲大笑。

歌蒂看到的每個人幾乎都戴著面具，還有許多人穿著精心製作的巨大戲服。一群人裝扮成七靈神的模樣在路中央惡作劇。大木神拿著紙做的鐵鎚攻擊路人，哭泣女神在旁邊哈哈大笑，大黑牛（其實只是兩個穿著戲服的男孩）則躺在路中央，像小狗一樣滾來滾去。

他們在嘲笑七靈神！歌蒂緊張地心想，而且沒有人彈動手指！

不過漸漸地，她明白龐斯跟她說過的話句句屬實。在節日期間，所有一切都黑白顛倒，是非不分。女人扮成男人，男人扮成女人。大家把街頭佈置成戰場，不然就是到哪兒都倒著走，還有人打扮成瘟疫患者，倒在地上痛苦地呻吟。他們跟流浪狗墜入愛河，當狗狗對他們狂吠，他們會大聲叫道：「喔，我的愛，你的歌聲是多麼甜美啊！」

花貓神色自若地大步走過這些荒謬的景象。但這一條條沒有名字的街道以及蜂擁而至的喧鬧人群很快就讓歌蒂迷失了方向。她在一個轉角處停下腳步，氣餒地東張西望。

「我正在尋找當初看見專賣面具店鋪的那條街。」她對花貓說。

花貓抬頭看著她，「怎？」

「沒錯，怎麼找？」歌蒂說。她已經漸漸習慣這隻貓對她說話的奇特方式，「一切都變了，我什麼都不能相信！」

在她的腦中，那個聲音低語著，*走這邊*。

歌蒂微微一笑。的確，謊言日這段期間，她在這座瘋狂的城市裡什麼也不能相信，但她可以相信腦中的聲音。

走這邊，那聲音又低聲說了一遍。不到十分鐘，聲音就帶她來到她想到的地方。

這條街跟前天比起來更擁擠了。一名男子坐在二樓的窗台上，用大湯匙敲打平底鍋。聲音相當刺耳，「音樂大師！」圍觀群眾尖叫著，「安可！安可！」

許多人給歌蒂送上外表美味的蛋糕和飲料，但她通通拒絕。她和花貓在大街上來來回回走了兩趟，終於發現他們一直在找的店鋪。

店鋪四周圍繞著一群人，大家爭先恐後搶購待售的各式面具。那群人當中有魁納獸、小狗、小公雞、拉姆怪……還有貓咪。顧客彼此嬉笑怒罵著，小狗和拉姆怪突然吵了起來，歌蒂擠過他們身邊，發現自己擠進了一張木桌前。

店鋪的年輕女老闆正緊緊抓著木桌，想讓它停止搖晃。顧客不斷塞硬幣給她，她只得用一隻手去拿。有些硬幣從她指間滑落，滾到地面上。

「粗魯點，」她放聲叫道，聲音聽起來很焦急，「請用力搖晃這張木桌，把錢隨便亂丟，不必擔心我或我的生計。」

歌蒂目瞪口呆地看著她。為什麼她要這麼說？她絕對不是這個意思啊！

後來她明白了。老闆所說的一切都是謊言，她其實是在懇求顧客們小心點。

但是她的顧客根本沒有注意到，他們又推又擠又撞的，木桌晃個不停，一疊小狗面具搖搖欲墜……然後掉了下來。

面具全是紙做的，剎那間就有可能被踩壞。幸好歌蒂撲過去，及時搶了回來。人群四面八方推擠著她，但她緊緊拿著面具，直到安全放回桌上。

老闆對她揚起一絲苦笑，「我詛咒你，孩子，做得真差勁。」

「什麼？」歌蒂說，「喔。」當然了，那女人是反過來在向她道謝。

歌蒂露齒一笑，躲到桌子底下，在石地的縫隙間找著那些掉下來的硬幣。等她握滿一手，就放進女人的口袋，然後回頭繼續找。

終於，所有面具都賣光了。店鋪老闆嘆口氣，面對木桌往後退一步，「七靈神啊。」她說，「今年甚至比去年還安靜，他們的行為舉止乖多了，史波克城的市民們，從來不曾為我們這些混口飯吃的人製造什麼麻煩。」

歌蒂哈哈大笑，交出剩下的硬幣。女人在面具底下露出大大的笑容，「至於你，孩子。」她說，「是個大壞蛋。是我這陣子見過最糟的。」

女人的黑髮被弄得亂糟糟，她邊說話邊拿髮夾重新夾好，「我可以幫你什麼嗎？我想你應該很討厭水果塔吧？」

「不討厭——我是說，討厭。」歌蒂說。

年輕女人翻出一個紙袋，拿出兩塊水果塔。外層餅皮是鮮綠色，內餡看起來像是死蜘蛛做成的。老闆遞了一塊給歌蒂，她盯著看，想起那塊頭髮蛋糕。

但店鋪老闆吃著她自己的那份水果塔，顯然相當滿意。「真噁心。」她喃喃地說。

歌蒂輕輕咬了一小口，綠色餅皮又甜又酥脆，死蜘蛛果醬在她嘴裡化開來，「嗯，」她說，「這真是——嗯——難吃死了。」

女人對她堆滿微笑，花貓骨瘦如柴的身子在她腳邊繞來繞去，滿心期望地抬頭看。

「這隻漂亮的動物是妳的嗎？」女人說著，在紙袋裡找了一會兒，「來，」她對花貓說，把第三塊水果塔掰成一半放在地上，「你一定會很討厭，裡面沒有半點奶油。」

花貓蹲在水果塔前面，邊舔著奶油邊發出響亮的呼嚕聲。歌蒂正在思考應該如何請她幫忙，所有說出來的話都必須是謊言才行。

然而，她還來不及釐清思緒，女人就突然握住她的手臂，「待在原地！不是逐夢人！」她說完，把歌蒂拉到一旁，正好躲過三個沿街跳著舞走來的女孩。

她們衣衫襤褸，臉頰削瘦，卻不斷哈哈大笑，對著看不見的舞伴調情，彷彿身處一場華麗的舞會。她們周圍的空氣嘶嘶作響。

街上的所有人立刻停下手邊的工作，臉上帶著羨慕的表情看著她們。花貓的頭轉來轉去，似乎可以看見其他人看不見的東西。

「她們是誰？」女孩跳著舞從旁邊經過時，歌蒂問道。

「她們沒有遇上天大謊言，可憐的小東西。」年輕女人搖搖頭，嘆了口氣，「有人問錯問題，而她們給了完全錯誤的答案。現在看看她們，整整一天一夜，這座城市沒有將她們交織在一連串的夢境裡。她們離開了原本奢華舒適的生活，去了某個無聊至極的地方。」

其中一個女孩差點撞上賣棺材蛋糕的店鋪，店鋪老闆連忙牽住她的手，把她推回路中央。她看也不看就跳著舞離去。

「她看不見我們嗎？」歌蒂說。

「喔，看得見。」年輕女人漫不經心地說，「她們可以看見周圍的所有事情。當妳進入天大謊言的時候，一切都假得要命。我可不想遇上。」

歌蒂望著那些跳舞的快樂女孩。所以龐斯說的是實話，天大謊言真的存在，而現在已經消失了一個。

爾後，整條街再度人聲鼎沸起來，這時她才想起自己來到這裡的原因，「我——我沒有在找一個人。」她對年輕女人說。女人轉身背對人群，開始拆掉她的鋪子，「她沒有戴著一張貓咪面具。」

「貓咪面具？」女人回過頭說，「簡單，我大概可以直接帶妳去找她。整座城市只有一個人戴著貓咪面具。」

有那麼一會兒，歌蒂的脈搏加速，接著才想到店鋪老闆在說謊，「她也沒有穿著一件鮮綠色的斗篷。」她連忙說，「而且她——嗯——很高。」她努力回想當初與她匆匆擦身而過的女人還有什麼特徵，「還有——還有我想她大概非常有禮貌，慈祥，和善。」

店鋪老闆停下手邊工作，「嗯，沒什麼印象。我最近有幾位很和善的顧客，她大概是最和善的一個。妳說她很高？」

「對，我是說，不對。我是說——」

店鋪老闆哈哈大笑起來，「嗯，她買了那個面具後我就再也沒有見過她了。事實上，我好幾次都沒見到她。那件綠色斗篷很容易融合在背景裡，不是嗎？」她瞇起雙眼，「妳為什麼要找她？」

「她是——朋友。」

「嗯，那麼你最好粗心點，孩子。我有感覺她是那種會溫柔對待街頭小伙子的人，非常非常溫柔。」

歌蒂突然感到呼吸困難，「妳知道我到哪裡可以找到她嗎？」

「別浪費時間去神殿山山腳下的擁擠街道找她了，那裡沒有一名靴匠。就算有，我也從來沒有見過她跟他說話。」

「謝謝妳。」歌蒂說。年輕女人的雙眼在面具底下閃閃發光，「我是說——我是說，可惡，妳真可惡！」

「一報還一報囉。」女人說。

❖

神殿山山腳下的街道是歌蒂見過最貧困的地方。老舊的木造房屋像蛀牙一樣自她的兩側緩緩升起。排水溝塞滿了垃圾，大部分的煤氣燈都壞了。每個角落都設有消防鐘，外表就像這些房屋一樣老舊。

謊言日在這兒進行得比城市其他地方還要瘋狂。歌蒂和花貓貼在一面牆上，看著一群戴著面具的孩子飛奔而過，他們一邊興奮叫鬧，一邊在石地上丟甩炮。花貓發出嘶嘶聲，用力拱起牠的背。

一個裝扮成禿神索克的男人追在那群孩子後面，扯破喉嚨大聲咆哮。歌蒂不自覺地彈動手指，雖然現在是謊言日，她根本不必這麼做。在她四周，到處都是穿著破舊衣服的男男女女在唱歌歡笑。

歌蒂在尋找的那間店有一塊突出的招牌寫著：熱布丁，但擺在櫥窗裡的卻是一堆靴子。靴匠穿著圍裙坐在門口，正在編織一塊皮革。他的身材結實，戴著魚的面具，過大的腦袋頂著一頭稀疏毛髮。

現在歌蒂好不容易來到這裡，卻不知道該怎麼辦。她在一扇封死的門邊停下腳步，「沒看見那個女人。」她對花貓低聲說，「我們該怎麼找到她？」

「坐。」花貓說著，坐了下來。

「你是說就坐在這裡等她出現？」

花貓發出呼嚕呼嚕的聲音。

「她說不定好幾天都不會來。」歌蒂說，「我們沒有那麼多時間了。邦妮和阿沫可能會……」

歌蒂突然閉上嘴巴。她想到自己如果耽擱太久，朋友們可能會發生的事，就害怕得說不出口。

在她腦中的那個聲音說道，如果有人叫她她就會來。

歌蒂搖搖頭。她根本不知道那女人的名字，要怎麼叫她呢？不行，肯定還有更好的辦法可以找到她。

她在街角的盡頭聽見一聲喊叫。又是那群孩子，現在正朝她跑過來。花貓生氣地發出嘶嘶聲，接著躲進後方屋子陰暗處的兩片木板之間。歌蒂盡可能往後退，不想被那些手舞足蹈的孩子打中。

然而，當那群孩子經過時，他們的熱情感染了她。她還來不及知道自己在做什麼，就已經走出去投身他們的行列。她被人群簇擁著向前走，甩炮在四周不停爆炸，叫鬧聲不絕於耳，禿神索克放聲咆哮。孩子們扯著喉嚨大聲尖叫，歌蒂跟他們一塊兒尖叫。

她不知道自己跟那群瘋狂的孩子跑了多久。她盲目地在大街小巷狂奔，忘了花貓，忘了她來這裡的任務。她的心臟興奮地砰砰作響，血液隨著節日的喜悅而歌唱。好幾天以來，她第一次覺得溫暖。

等她終於脫離隊伍，她開始拚命大口喘氣，笑到不能自已，必須倚靠鄰近的牆壁才能站穩。早上過去了，中午也過了一半，她知道該怎麼找到那個身穿綠色斗篷的女人了。

如果有人叫她她就會來……

不過，改變的還不只這樣。她在奔跑的時候，曾經感覺到一股原始野性包圍著她，就像生活本身一樣令人振奮又帶點危險。她現在甚至可以感覺到殘留下來的共鳴，彷彿管風琴的低音震著骨頭。更重要的是，她認識它。

它就和歌蒂在博物館感覺到好多次的那股狂野一模一樣！

於是，歌蒂出發前往當初藏匿繩索和鐵桿的地方，整個人因為緊張和興奮而不停顫抖。根據龐斯的說法，沒人知道天大謊言會在哪裡出現，但創造天大謊言的是那股原始野性，她很確定。它像一把地底火，藏在謊言日底下熊熊燃燒，就如同它在鄧特博物館底下燃燒著。

也許——只是也許，她可以利用它抓住天大謊言，然後擊敗哈羅！

14 找到了！

現在是正午時分，守護者已經幾個晚上沒有睡覺了。她正準備把手放在桌上睡個午覺的時候，民兵部隊隊長氣喘吁吁地衝進辦公室。

「守護大人，首輔他——」

守護者立刻從椅子上站起來。*我就知道，她心想，他買通了辦公室的人！他逃走了！到頭來——*

眼前的隊長卻在微笑，「首輔——他找到那些孩子了！」

守護者目不轉睛地看著他，納悶自己是不是已經睡著了正在做夢，「他找到了？」

「我很少看到有人那麼努力，守護大人。他送出一則又一則的訊息，而現在他收到回覆了！就在剛才，一名信差從信號站那裡過來——」

守護者舉手打斷他，「他們在哪裡？那些孩子在哪裡？」

「在史波克，守護大人。所有特徵都吻合。」

守護者的內心湧起無數希望。她從椅子上跳起來，大步走到門邊，喚著隊長到她面前，「送個消息給鄧特博物館，以及副指揮官阿姆澤。快啊老兄，動起來。我要一組民兵部隊在一個小時內準備好出發前往史波克。」

❖

自從守護者下令關閉懺悔之家的那天起，她就沒有到過那裡。她本來打算把那棟建築物拆除，但現在她很慶幸沒有這麼做。她喜歡去想弟弟就被關在他自己的地牢裡。

當然，他現在不在地牢。他的雙腳被銬在辦公室中央的一張桌子上。看起來他這陣子同樣沒什麼睡。

守護者從守衛旁邊推擠過去，「如實告訴我，」她命令道，「你找到了什麼。」

首輔點頭如搗蒜，「偷走孩子們的那個人名叫哈羅，我聽過他這個人；他可說是惡棍中的惡棍，手下全是法龍半島的社會敗類──竊賊、殺人犯和騙徒！」他用手擦過額頭，「不過，我得知他們沒有傷害那些孩子，至少目前沒有。」

「他們在史波克的什麼地方？給我地址，我會派民兵隊去找他們。」

首輔看起來嚇了一跳，他試圖從椅子上站起來，可是卻被鐵鏈拉了回去，「守護大人，這不是明智的做法！」

守衛心生警戒，往前踏一步。守護者將他們揮開，低頭狠狠地看著首輔，「我有問你的意見嗎？叛徒的意見？我可沒有！」

首輔的臉部肌肉抽了一下，彷彿正在壓抑某種激動的情緒。他低頭說，「請原諒，守護大人。」他用謙遜的聲音說，「但這個叫哈羅的男人到處都有眼線。要是一支軍隊進入史波克城，他幾分鐘內肯定會知道。在你們還來不及接近那些孩子以前，他就會將他們移動到其他地方，甚至是殺掉他們。」

他停頓一會兒，太陽穴旁邊的脈搏用力抽了一下，「請容我給個建議——只是個建議——或許我的線人可以嘗試把他們救出來。這麼做需要花錢，他們本身也是惡棍，不做沒有報酬的事情，但他們對史波克城的所有秘密通道瞭若指掌。我不否認，這樣還是有危險性在，然而成功的機率更高。」

守護者在桌上敲著手指，希望她可以知道為什麼她的弟弟如此幫忙。他真正的打算是什麼？難道只是想要從輕發落？或者想要得更多？

她想起那些流言，「要是有神聖護法在的話，絕對不會發生這種事。」自從孩子失蹤以後，流言已經變成大家茶餘飯後的固定話題。如果大家知道他們靠著首輔把孩子們救出來，不用說也知道可能會發生什麼事。

問題是，要是他對哈羅那號人物所言不假，她就只能聽從他的建議了。她的民兵部隊熱心又忠誠，而且近來的訓練計畫漸漸有了成效。可是他們不夠細膩，也不善於發掘秘密，如果讓他們在一個陌生城市碰上像哈羅這樣的壞蛋——

終於，她做出決定。「很好，」她說，「通知你的線人先行救援，我們會支付他們的協助。我要每一步都向我報告。」

首輔提起筆。但他還沒把筆蘸進墨水瓶，守護者就在他身邊彎下腰，近得她可以聞到地牢的味道，鐵鏽、石頭和過去的酷刑所混雜而成的酸臭味。

「這座城市已經很久沒有人被處以絞刑了，弟弟。」她低聲說，「要是被我發現你在搞鬼，那些孩子因此受傷的話，我會親手把你吊起來。」

15
黑色羽毛

我什麼都不是，我是皮革的味道，我是牆裡的蟑螂……

歌蒂蹲在靴匠店內的櫃檯後方，以虛無術將自己隱藏起來。她的肩膀拽著繩索，腰帶塞著鐵桿，一個口袋放著用紙包起來的糖粉和從街上的店鋪乞討而來的打火器，另一個口袋則放了一包硝石。硝石是人們用來保存肉品的東西。

她離開那群孩子到現在已經過了幾個小時。那段時間，靴匠已經離開門口，目前正在工作台上忙得團團轉，魚面具被他往上推到額頭的地方。他有一張慈祥的臉。

歌蒂溜到佈滿霧氣的窗戶旁……我什麼都不是……用手指頭偷偷碰了一下，窗戶中央出現一個清楚的小圓點，被外頭街道上漸漸亮起來的燈籠照亮著。歌蒂看了靴匠一眼，然後以大寫英文字母寫下一個字。

HARROW（哈羅）

敞開的大門外，大家隨著喧鬧歌曲又唱又跳，但靴匠顯然比較喜歡工作。他拿起一隻鞋，東拉拉西扯扯，然後塞進一個鐵製鞋楦，開始用銼刀磨起鞋底來。歌蒂等著他注意到自己剛剛做的事。

幾分鐘過去了，他仍然沒有抬起頭來，於是歌蒂用力敲了敲窗戶。靴匠抬起頭，「哈囉？」

他說，「有人找我嗎？」

歌蒂一動也不動。我什麼都不是……

靴匠站起來，邁步走到窗邊，揚起大大的微笑。可是，他一看見寫在窗上的字樣，整個人嚇呆了。他在店裡東張西望，然後迅速用手把窗戶擦乾淨。

歌蒂背著靴匠，偷偷溜到工作台旁邊。她在地板四周散落的皮革屑上，再次寫下那個字。

HARROW（哈羅）

靴匠走回長椅邊，正準備坐下，卻突然停住，搖了搖他的大頭。歌蒂靠得很近，幾乎可以聽見他急促的呼吸聲。

我什麼都不是……

靴匠盯著皮革屑，又看了看店內四周，然後匆忙走到門邊。

「嘿，小不點。」他大叫著，嗓門蓋過了狂歡的吵鬧聲，「你看見有人進來這裡嗎？」

歌蒂聽不見小不點的回答，但靴匠看起來茫然不已。他在原地站了一、兩分鐘，來來回回注視著街道。歌蒂舔舔手指，在一隻快要完成的靴子上面，第三次寫下那個字。

HARROW（哈羅）

靴匠回到店內，表情若有所思。他坐下來，拿起銼刀，彎腰準備工作——

這時他呆住了，目不轉睛地看著那隻靴子。他用大拇指碰了碰乾掉的口水，銼刀掉下來發出鏗鏘的聲音，他拿起一只鐵鎚，握在手中。

突然間，他看起來沒那麼慈祥了。歌蒂退到陰影下。我是皮革的味道，我是老鼠吐出的氣息……

靴匠大聲叫了一個路過的男孩，然後塞一枚硬幣到他手中，低聲交代事情。交代完以後，他坐回長椅，雙手在胸前交疊，緊緊握著鐵鎚。

歌蒂躡手躡腳溜出店門外，穿過人群，找了一個可以看見門口的地點，重新現身，開始等待。

等待。

再等待……

她坐得越久，就越來越懷疑自己。如果她弄錯阿沫的訊息怎麼辦？如果那則訊息是完全不一樣的意思怎麼辦？或者她猜對意思，但那個綠色斗篷的女人永遠不出現怎麼辦？

她希望花貓在這裡陪她，希望可以知道怎麼利用原始野性抓住天大謊言。

她閉上眼睛，心想這肯定不簡單。原始野性威力強大，無法信任，更不可能像個奴隸一樣呼之即來，揮之即去——

突然，有樣東西觸碰她的手，她飛快地睜開雙眼。附近沒有人，街道對面的靴匠倒是正在招呼一個女人進入店內。這個女人戴著貓咪面具，身穿一襲如鸚鵡般的鮮綠色斗篷。

歌蒂鬆了一口氣，低頭看著大腿，想知道是什麼驚擾了她。那是一根從空中落下的羽毛。黑色的羽毛！

她屏住呼吸，猛然把頭往後一仰，仔細看著上方。「是摩根！」她低聲說。

她看不見那隻殺戮鳥，但沒有關係。她覺得鄧特博物館和管理員們好像已經對她伸出援手，給了她力量。她的內心湧起滿滿的喜悅。

我有夥伴了！她心想，事實上，如果那隻花貓回來的話，我就有兩個夥伴。不，三個，如果算上耗子的話，或是十五個，如果把他的白老鼠也算進去的話。

她咯咯輕笑，然後很快又嚴肅起來。她需要所有夥伴一起幫忙擊敗哈羅。即使如此，有可能還是不夠。要是她可以找到一個方法弄清楚原始野性的力量……

每年這個時候，史波克的夜幕總是落得特別早，不久以後，就只剩下月光和手提燈籠照亮大街小巷。陰暗處三不五時會爆出甩炮的明亮火花。歌蒂彷彿可以聽見遠方傳來的管樂聲，雖然在這片喧鬧中不容易聽得清楚。

女人從店裡走出來時閃過一片綠色，並開始往山上走去。歌蒂施展虛無術，偷偷跟在她後面，盡量靠得很近。我是排水溝的雨水味，我什麼都不是……

燈籠、甩炮和人群很快被拋在後頭。街道越來越陡，房子也變得越來越窄，越來越老舊。到處都是防火鐘，不過大部分的鐘錘早已不見。

那女人開始氣喘吁吁，但沒有慢下腳步。她繼續沿著偏僻街道往上走，偶爾回頭看，確保沒有人跟蹤她。歌蒂偽裝的影子緊緊跟在後面，宛如那些生鏽的鐘一樣安靜。遠處的某個地方，銅管樂團演奏著吵雜的陌生曲調。

她。

歌蒂到處不見摩根的蹤影，不過她兩次聽見頭頂上空的振翅聲，所以她知道殺戮鳥仍然跟著她。

最後，她們來到一棟五層樓的房子，房子的外觀歪歪斜斜，每扇窗戶都裝了鐵欄杆。女人環視著空無一人的街道，然後打開前門走進去。

過了一會兒，四樓有扇窗戶亮了燈，一個人影從窗前經過，但歌蒂看不出來是誰。她耐心等待。這時候有一男一女從隔壁房子走出來，匆匆忙忙上街，完全沒有發現她。

人影走回窗邊，停下腳步，在燈光照映下，那張臉就像魚鉤一樣削瘦。歌蒂用力抽了一口氣……再緩緩吐出。這分鐘前，她還不確定自己對阿沫的訊息是否解讀正確，但她絕對不會認錯那討人厭的側影。是克德。

她費了一番努力嚥下激動的情緒，讓心思往外飄去。她可以感覺到房子底下在暗處騷動的老鼠、在牆壁和地板裡鑽來鑽去的甲蟲，以及在閣樓換羽的鴿子。

而在對面房子的四樓，她可以感覺到五顆跳動的心臟。

三個大人。

兩個小孩。

她抬頭望著月光皎潔的天空，「摩根。」她嘶聲說，鼓起勇氣盡可能放大音量，然後讓虛無術褪去。

陣陣疾風振翅下，殺戮鳥像顆石頭落在她的肩頭。歌蒂輕聲發笑，連忙站穩腳步，「真高興見到妳！」她低聲說。

摩根的黃色眼睛看著她，「高——興。」鳥兒嘎嘎叫著，一邊輕輕咬著那張半罩面具的邊緣。

歌蒂指向對面房子那扇位於四樓的窗戶，「我認為阿沫和邦妮在那裡，妳可以去看看嗎？別讓任何人發現妳。」

摩根拍拍翅膀，立刻飛回空中。她飛得比房子還高，然後一個轉身，悄悄地向下滑翔，正好從窗邊飛過。

「找——到了。」她平安回到歌蒂的肩頭時，這樣嘎嘎叫著。

「噓！妳確定是他們嗎？」

摩根快速地上下擺動，「是他——們。」

房子旁邊有一扇大門和一條通往房子後院的惡臭小徑。歌蒂在那裡發現一間小屋，有著單邊的傾斜屋頂，旁邊則疊滿了許多紙箱。她謹慎地研究那面屋頂，要爬上頂部可說是輕而易舉，而且一樓那扇窗戶的鐵欄杆看起來似乎有辦法承受她的重量。

從那裡看上去，牆壁處處都是立足點。她應該有辦法爬到頂樓，到那扇沒有欄杆的小窗戶旁。等她進了屋內後該怎麼做——又是另一回事了。

「妳可以幫我找個舊水桶之類的東西嗎？」她對摩根低聲說，「必須是金屬製的，可是不能太重，要妳能夠提著飛的。」

又一次，摩根消失在夜空中。她一離開，歌蒂就從肩膀拿下繩索，在尾端削下一截，然後把剩餘繩索藏進紙箱堆中。

這時候，她的背後傳來鏗鏗鏘鏘的聲音，摩根從小徑大搖大擺走下來，嘴裡咬著一個裝煤炭的小桶子，看起來對自己十分滿意。

「好極了。」歌蒂低聲說。

她從口袋拿出糖粉和硝石，丟進煤桶內混合在一起，並確認她將兩者的比例拿捏恰當，就像當初歐嘉．西亞佛嘉教過她的那樣。之後她把煤桶塞在大門旁邊的陰暗處，那兒沒人看得見。

她幾乎已經準備妥當，現在就差人群了。

「妳在這裡等著。」她對摩根低聲說，「如果他們在我回來之前帶走邦妮和阿沫的話，我要妳跟蹤他們。無論如何千萬不要跟丟，我會盡快回來！」

16 哈羅的勾當

歌蒂正準備溜回大街上，然而就在這時候，房子前門突然打開，穿著綠色斗篷的女人繼續匆忙地趕路上山。等她消失在視線外，歌蒂便關上了身後小徑的門。

銅管樂團比她想像的還要靠近。那群樂手正沿著山腳大步向前進，腳鐐不停鏗鏘作響。他們後方跟著一群水手，個個頂著平頭，手臂佈滿刺青，互相傳遞著大酒瓶。沒人在扔食物，樂團成員橫眉怒目地看著他們，演奏得越來越慢，最後音樂幾乎成了輓歌。

「看在禿神索克的份上，給我們彈點無聊的歌曲！」其中一名水手喝道。

他的朋友們對他發出噓聲，歌蒂猜測他們其實是在歡呼。他們想要找樂子，想要鬧點事。嗯，這她倒可以幫忙……

樂團指揮戴著瘟疫病患的半罩面具，雙手塗滿爛瘡。當他一看見歌蒂，立刻揮動指揮棒。她急忙跑到指揮身邊，把嘴巴湊到他的耳邊，「那些水手扔的食物真是美味啊，先生。」

指揮咬牙切齒地說，「真是一群帥氣的年輕小子，不是嗎？今晚肯定可以填飽肚子返回監獄。」

「山上更糟糕。」歌蒂說，「那裡是個糟糕的地點，一點食物都沒有。」

「真的嗎？」指揮精神一振，「我知道你是個壞孩子。」他鼓起胸膛，對著樂團大聲說，

「好了，你們！」

悲傷曲調立刻停了下來。

「我們現在待著的實在是個好地方。」指揮大聲說，「我們要演奏一些悲傷的曲子，安靜的曲子，讓史波克的市民再三猶豫要不要給我們豐盛晚餐的曲子。我們絕對不會演奏蹦蹦跳跳的鵝，一、二、三！」

他舉起指揮棒，喇叭手立刻吹起活潑的樂曲，幾個拍子之後，伸縮長號和低音大號也緊接著加入。水手們放聲喊著，「糟透了！糟透了！馬上停止！」

指揮湊到歌蒂旁邊，「怎麼樣？」

「糟透了。」歌蒂說著，指向錯誤的方向，「往那邊走！」說完後，她立刻抓緊腳步帶著樂團走向那棟五層樓的房子。

他們走進靴匠店面附近的擁擠街道，夜晚變得更加生氣蓬勃。大家開始圍著他們跳舞，孩子從每個門口跑出來，甩炮發出霹霹啪啪的爆裂聲。一個滿頭大汗的壯碩女人搖搖擺擺走出店門口，遞給指揮一隻亮藍色的烤鴨。

他的雙眼亮了起來，撕下兩隻鴨腿，一個送給歌蒂，然後把剩下的鴨子交給後面的甜蘋果。音樂漸漸慢下來，跟著是整個樂團。

「我估計山上那群人會在那裡待上一整晚。」歌蒂一邊喃喃自語，一邊咬著鴨腿，「我敢說他們不會到別的地方去。」

指揮再次乖乖地加快速度，人群簇擁著他一塊兒前進。

突然間，花貓又出現了，快步跑在歌蒂旁邊，雙眼閃閃發亮，骨瘦如柴的身軀開心地扭動著。歌蒂丟了一塊鴨肉在地上，花貓一口吞進嘴裡。

這時，一串綠色香腸飛過頭頂，接著是一條麵包。指揮對歌蒂眉開眼笑，她也盡力回以微笑。

快一點，她心想，我們必須走快一點。

他們距離那棟五層樓的房子還有兩條街，這時指揮突然招手要道奇和甜蘋果過來。兩人走近他，樂器發出響亮刺耳的聲音，腳鐐摩擦著地面鏗鏘作響。

「小伙子，我不欠你一個解釋。」指揮和歌蒂肩並肩走在一塊兒時，他喃喃地說，「你前天對我們做了件殘酷的事，今晚又是如此。」

歌蒂稍早爬上來的那條空曠街道，現在擠滿了人。一個餡餅從跳舞的人群中飛出來，道奇一手搶過來，塞進口袋裡。

「你問過我的那個名字，」指揮說著，一邊東張西望，確保在樂器和腳鐐的掩護之下沒人可以聽見他說話，「當時你問起的時候，我差點沒犯心臟病。我不認識他，我前陣子也沒有幫他做過事——」

他忽然閉上嘴巴，低頭看著花貓。牠的尾巴豎得老高，快步走在他們身旁，「這隻美麗的動物——呃——溫馴嗎？你可以把牠抱起來嗎？」指揮咬著嘴唇，「這跟我想要告訴你的事情一點關聯都沒有。」

事到如今，歌蒂幾乎失去耐心。就她所知，此時此刻邦妮和阿沫有可能已經被移到另一個藏身地。如果摩根跟丟他們怎麼辦？她該如何再找到他們？

但這是一條情報，她不能不理會。她走到一旁彎下腰。「貓咪，」她低聲說，「我必須把你抱起來，你介意嗎？」

「不——」花貓說著，背上的毛髮豎了起來。

「我很抱歉，可是這很重要，拜託？」

花貓咕嚕咕嚕抱怨了一番，最後說，「好——」

因此，歌蒂一隻手小心翼翼地繞過牠的肚子，另一隻手放在牠的後腿中間。花貓比預期中重了些，她可以感覺到牠的體內傳來不悅的低吼聲，但牠沒有伸出爪子。當歌蒂跑著趕上樂團的時候，牠甚至還算安靜地躺在懷中。

指揮近距離看見花貓時，不禁喘了口大氣，「喔——真是隻可愛的小貓！」他試探性地把手放在花貓的背上，牠先是發出嘶嘶的警告聲，然後平息下來。

小老人鬆口氣，哈哈大笑起來，「這樣好多了。」他對歌蒂眨了眨眼，「這是謊言日的規則之一，碰隻動物就可以講實話。現在——」

他的表情變得嚴肅，「那號人物——不，別說他的名字！這樣不安全！這裡幾乎到處都有他的人。」他緊張地東張西望，彷彿當中有人正在偷聽。

「我剛剛是不是跟你說，」他低聲說，「我曾經替他做事？再讓我告訴你，這是個錯誤，我至今仍然很後悔。他的報酬很優渥，但他是個惡毒的雇主，至於他的副手，芙蘭絲——」

花貓聽到那個名字，發出低沉的怒吼，指揮則是氣得提高音量，「——她就跟他一樣壞。喔，沒錯，她的辱罵，她派人打在我身上的鞭子，我好多次都渴望能夠報復回來——」

他突然閉上嘴巴，掀起面具用衣袖擦額頭。等他再次開口，聲音冷靜許多，「但那是我私人的事，小伙子，與你無關。你想要知道有關那號人物的事情，這個嘛，他一直非常神秘。他在史波克城進進出出好幾年，從來沒人知道什麼時候或在什麼地方會碰到他。最近，我聽說他的名字跟南方群島一支冷血殘忍的傭兵團扯上關連，我一點都不驚訝。」他壓低嗓音，「我知道至少有十幾起的謀殺都跟他有關。」

歌蒂感覺胃裡有股寒意。哈羅是個殺人犯，而邦妮和阿沫在他手上。

快一點！我們得走快一點！

「還有，」指揮說著，暫時把手從花貓背上拿開，然後用指揮棒輕敲道奇的肩膀，「小聲一點。」他大聲說。

道奇的臉頰鼓得像氣球，老頑固賣力打著鼓，人群滿意地歡聲鼓噪。

指揮的手放回花貓身上，把嘴巴湊近歌蒂的耳邊，「去年在你的璀璨城有個裝置，一枚炸彈，就是他放的！他一步一步精心策劃，然後讓他的手下去執行。」他搖搖頭，「對我而言，那件事是最後一根稻草。當我一聽到那個計畫，就立刻逃離他的身邊。」

歌蒂盯著他，整個人啞口無言。那枚炸彈嚇壞璀璨城的所有人，那場爆炸則毀了首輔的辦公室，害死一個來自菲荷邦運河的小女孩。民兵隊一直沒有查出誰是幕後兇手，但現在她知道了，是哈羅。

指揮緊緊握住她的手臂。他的嘴唇發白，彷彿已經開始後悔告訴她那麼多，「你跟那種人可能有什麼恩怨，小伙子？不，不要告訴我！我不想知道。但無論是什麼事情，無論情況發展到什麼地步，我求求你——我千萬求求你不要把我和我的朋友牽扯進去。你明白嗎？明白嗎？」

歌蒂覺得自己就要吐了，她無法直視指揮的雙眼。儘管他拚命哀求，她已經準備讓他搗亂哈羅的勾當，這個舉動現在看起來比以往更加可怕……

她的雙手緊緊抱住花貓，抬頭望去，想知道他們人在哪裡。他們到了！那棟五層樓的房子就在眼前，還有那座防火鐘，就掛在生鏽的支架上。

「下！」花貓命令道，於是歌蒂把牠放下來，接著二話不說，連忙躲進人群中。

大家在她的四周唱唱笑笑，水手們醉醺醺地跳著捷格舞。小孩子衝到他們之間，想要絆倒他們。空氣中瀰漫著酒氣、汗水以及燒過的炮竹味。

歌蒂推開通往側邊小徑的門，然後偷偷溜進去，花貓緊隨在後。她關上門，在陰暗處摸索，最後總算找到煤桶。「摩根？」她低聲說。

沒有任何回應。她從口袋拿出那截繩子和打火器，「摩根？妳在哪裡？」

突然間，花貓發出挑釁的尖叫聲，背脊拱得老高。歌蒂抬頭看見一雙巨大的翅膀籠罩小徑。

「摩根，不行！」她嘶聲說，「牠是朋友。」

摩根在空中不停拍打翅膀，花貓則伸出爪子。「嚇！」牠厲聲叫道。

「快住手！」歌蒂叫了出來，慶幸外面的街頭有那麼多喧鬧聲。她點燃一根火柴湊到繩子上，纖維開始燃燒。

「摩根，」她小心翼翼拿著那截燃燒中的繩子，離煤桶遠遠的，「我要妳把這個帶到屋頂。先把桶子放在屋頂邊緣不容易翻掉的地方，然後把繩子丟進桶子後立刻離開。不要讓街上的任何人看見妳。」

殺戮鳥拍著翅膀，充滿敵意地瞪著那隻貓。花貓不甘示弱地回瞪她。

「摩根！」歌蒂激動地說。

殺戮鳥瞪了花貓最後一眼，然後用嘴巴咬住桶子把柄，再用爪子繞住繩子，展翅飛到空中。

「來吧。」歌蒂對花貓低聲說。她壓低身子溜出門，在人群中又推又擠，最後來到防火鐘的旁邊。

「禿神索克啊，保佑竊賊和小丑的神啊，」她低聲說著，從腰帶抽出鐵桿，「我想祢們會喜歡這個，我希望祢們會喜歡這個。」

她的面前，大夥兒的舞蹈變得越來越激動，有些水手準備打起架來。

就是現在，她心想，現在，摩根！就是現在！

她抬頭望著屋頂，發現第一縷黑煙冒了出來。她感覺雙手又僵硬又不好使，但還是拿起鐵桿用力敲起防火鐘，一次又一次，一次又一次。

鏗鏘、鏗鏘、鏗鏘、鏗鏘、鏗鏘、鏗鏘、鏗鏘！

這聲音讓在場所有人立刻停下動作，音樂也漸漸變弱。甩炮在某人手裡發出霹啪聲後熄滅。

趁著這突如其來的寂靜，歌蒂指向那棟房子的屋頂，黑煙形成巨大的黑色雲朵，滾滾飄過月亮表面，「失火了！」她扯著喉嚨放聲尖叫，「失火了！失火了！」

17 救援

黑煙來得快也去得快，但這似乎並不重要。在這座容易失火的城市裡，人人都知道該怎麼做。大家立刻展開行動，一桶桶的沙和水就這樣憑空冒了出來。

水手們用力敲著那棟房子的前門，裡面傳來一聲咆哮，「滾開。」

「你瘋了嗎？」水手們大叫，「房子失火了！」

他們忘了謊言日，也忘了必須說謊，只是不斷對著大門又踢又撞，最後終於破門而入。歌蒂看見克德拚了命想要阻擋他們進來。其中一名水手握起拳頭朝他揮過去，但是克德沿路反擊，最後來到一座狹窄的樓梯下方。他站穩腳步，回頭大聲叫道，「史曼！快給我下來！」

看來不僅僅是水手們忘了要說謊，恐懼讓所有人將謊言日拋在腦後。

「我們會被燒個精光。」歌蒂背後有個女人尖聲叫道，「他們不肯讓任何人上樓滅火。」

「不肯嗎？」她的同伴大聲說，「我們等著瞧！」

現在已經沒有時間可以浪費。歌蒂在人群中鑽來鑽去，掙扎地往前走，但她還來不及走到大門，有隻手抓住了她的頸背。

指揮激動地把臉湊到她的面前，「這是怎麼回事？」他嘶聲說，「你把我們扯進了什麼麻煩？是他，對不對？我不是拜託過你別把我們牽扯進來嗎？不是嗎？如果他知道今晚是我的樂團把這些人帶來這裡的，他會怎麼想？他會以為我也是共犯！」他又害怕又苦惱地直搖頭，「讓我告訴你，小伙子，你已經害死我了，還有我的所有同伴，就跟你拿出小刀劃開我們的喉嚨沒兩樣！」

隨著一聲怒吼，他把歌蒂推開，然後對其他樂手們大聲說，「快點，我們得趕快離開這裡。」於是他和其他樂團成員一路鏗鏘下山。

歌蒂看著他們離開，手摀著嘴巴。她真的會害他們死掉嗎？不，她承受不了——

她努力打起精神，現在沒有時間後悔，她得趕快把邦妮和阿沫救出來，不然就太遲了。

她溜進門，沿著小徑往下跑，把藏起來的繩索拉出來。房子裡的吵鬧聲變得越來越激動，有人再次敲起了防火鐘。

歌蒂脫掉靴子，爬上屋頂。一樓鐵窗正好到她的頭頂。她先抓住欄杆試一試重量，然後把自己舉起來，迅速往上爬。她的身體緊貼牆壁，光腳尋找著舊木頭上的裂縫，手指摸索著舊木頭上的小孔。心跳在耳邊砰砰作響。

待她爬到了三樓，肩膀已經疼痛不堪，繩索也變得越來越沉重。她把耳朵貼在牆上，聽起來那些水手現在已經上了樓梯，但克德和史曼仍然不斷阻止他們。她深吸一口氣，繼續往上爬。

接下來這段路最為棘手。這部分的建築物因為受到百年來的日曬雨淋，幾乎已經削筋見骨。雖然有很多立足點，但歌蒂很快發現並不是所有的立足點都一樣堅固。有時候前一分鐘還屹立不搖，後一分鐘就在她的腳下崩壞，害她必須緊緊貼著牆壁，用指尖抓牢，雙腳再拚命尋找另一個立足點。

到了四樓，她已經渾身是汗，途中不知停下來換了多少次氣。

令她鬆口氣的是，建築物的頂樓被喜歡裝潢的人添加了許多裝飾，有壁架、窗台，刻有格紋圖案的木飾，漂亮的花式象牙浮雕。歌蒂繼續往上爬，最後來到頂樓的窗戶旁邊。她試了其中一個花式浮雕的重量，然後把繩子掛在上面。

這扇窗戶沒有鐵欄杆，卻從裡面反鎖起來。歌蒂拿出鐵桿，把它塞進窗框和窗台之間，開始上下擺動，然後猛然用力一拉，鎖斷了，窗戶嘎一聲打了開來。接著，隨著一聲咆哮，屋內打成一團的喧鬧聲源源不絕傳出來。

她聽見木頭劈劈啪啪燃燒的聲音，以及沉重的腳步聲和憤怒的吼叫聲。有人正在激動大叫。樓下傳來響亮的碰撞聲，窗框被震得格格作響。歌蒂連忙跨過窗台，進入屋內。

她身處的房間除了一張固定在地面的大桌子以外什麼也沒有。腳底下的地毯踩起來黏黏的。眼前蜿蜿蜒蜒消失在黑暗中的，是一條樓梯。

歌蒂懶得施展虛無術就跑下樓。整棟房子都在搖晃，吵鬧聲讓空氣沉重得有如糖漿一般。她跑到四樓，試圖打開唯一關上的那道門，門沒鎖，她用力推開，同時迅速彎腰躲到門後方。有東西擦撞到她的腦袋。

「阿沫，」她嘶聲道，「是我！」

阿沫從門後方走出來，目光兇惡，手中緊緊抓著椅腳，表情因為疲倦而顯得空洞。不過當他一見到歌蒂，就盡力擠出笑容，「妳也花了太久才找到。」

邦妮偷偷溜過他旁邊，「歌蒂！阿沫說妳會找到我們。妳有收到訊息嗎？妳明白嗎？阿沫說妳一定會明白。」

現在已經沒有時間閒話家常。歌蒂抓住邦妮的手，把她拉向樓梯，「來吧，芙西亞公主。妳的軍隊正在樓下讓那些敵人忙著呢。」

他們急忙上樓，那群暴徒的咆哮聲緊隨在後。他們到達頂樓後，歌蒂從浮雕上取下繩子，將它拉直。

「這根繩子撐得住我們兩個嗎？」阿沫說，「邦妮一個人爬不下去的。」

「我可以。」邦妮說。

「不，妳不行。」阿沫說。

「別吵了。」歌蒂說，「邦妮，我們先送妳下去，然後換阿沫，最後是我。」

她把繩子拉到桌子旁邊，固定在其中一根桌腳上，然後將另一端綁在邦妮的腰間。這個小女孩害怕得全身僵硬，不過一句話也沒說。

「妳爬下去的時候，我和阿沫會慢慢放繩子。」歌蒂說，「等妳到了下面，妳會看見一些裝貨的紙箱。把繩子解開，像這樣，看到了嗎？然後將繩子用力扯三下，這樣我們就知道妳安全了。」

邦妮點點頭，身體微微顫抖。歌蒂對她咧嘴一笑，「去吧，芙西亞公主，我們底下見。別擔心，我們不會讓妳摔下去的。」

邦妮爬出窗外時，她和阿沫握住繩子沒有綁住的那一端。小女孩嚥了一口口水，然後閉上雙眼，離開窗台。

固定在桌腳的繩子綁得很緊。歌蒂邊放繩子，邊幻想邦妮正慢慢往下降——經過排水管，經過三樓窗戶。她幻想一個無臉的男子，哈羅，正在底下等她……

快停止！她告訴自己，別這樣想！

繩子很快扯了三下，然後變得鬆垮垮，比歌蒂預期的還要快。阿沫跑到窗邊往下看，「她到了！」

樓梯間傳來一聲咆哮，歌蒂立刻衝到門口。克德蓋過吵鬧聲用力咆哮，「火在哪裡，你們這些醉鬼？讓我看看啊，真不敢相信。」

歌蒂跑回窗邊，「動作快！他們很快就要到這裡了。繩子你拿去，我會爬下去。」

阿沫抽掉桌子那端的繩子，綁在浮雕上。接著，他綁住自己的雙腿，開始盡可能快速往下爬。他一消失於視線外，歌蒂立刻攀過窗台，關上身後的窗戶。

爬下去比爬上來還要困難。她的雙手因為緊張而頻頻打滑，而且她一直預期聽見從五樓的窗戶傳來怒吼聲。她幻想有把小刀突然出現，割斷繩子，阿沫墜落在下方的屋頂。

「別再自己嚇自己了，」她低聲說，「認真想想自己在做什麼就對了。這裡有個排水管，把腳跨過去——木頭的某個地方有小孔，不，不是那個，那個裂掉了。啊，是那個——」

歌蒂剛剛經過三樓，就聽見了她一直在擔心的聲音。在她的頭頂上方，有扇窗戶嘎一聲打開。「他們在那裡。」克德大聲叫道，「其中一個傢伙沿著繩子爬到一半，快點，史曼，抓住繩子，把他拉回來。」

繩子開始往上升，阿沫慌張地叫了出來。

「不！」歌蒂大叫，「摩根！摩根！救命啊！」

殺戮鳥從天空飛下來，就像七靈神派來的使者。她的巨大翅膀拍打著窗戶，爪子抓破史曼的手臂。他尖叫一聲，放開繩子。

歌蒂在黑暗中盡可能加快速度從房子外牆爬下去，感覺彷彿永遠爬不完，但最後，她終於感覺到腳底下的傾斜屋頂。她連忙跳到紙箱上，然後回到地面。

阿沫和邦妮已經在那兒等她，還有花貓站在一旁守護他們。「來吧！」歌蒂抓起她的靴子叫道。

於是三個孩子和一隻花貓開始他們的逃命之旅。

18 命運

「我們要去哪裡？」阿沫上氣不接下氣地說。

「到港口邊。」歌蒂說，「他們有追上來嗎？」

阿沫回頭一看，「沒見著，摩根會拖住他們。」他虛弱地放聲大笑，「好個摩根。」

他們不停往前跑，直到每個人都開始氣喘吁吁。到那個時候，他們距離港口只剩下四到五條街，天空開始下起雨。狂歡人群大多消失在街頭，腳底下的石地變得又黑又滑。

歌蒂聽見頭頂傳來急促的振翅聲，「摩根！」阿沫低聲說著舉起雙手，於是殺戮鳥像一塊黑夜自天空落下。突如而來的重量讓阿沫不禁咬住嘴唇，但是他的表情散發著喜悅，「妳找到我們了，妳和歌蒂找到我們了。」

「還有那隻花貓。」歌蒂說。

「找。」花貓附和道，用濕淋淋的身體摩擦歌蒂的小腿。

「我們最好盡快離開街上。」阿沫說。

歌蒂點點頭，「我們到下水道去，我不知道還有哪裡是安全的地方。」

摩根豎起羽毛，低頭瞪著花貓，「安——全。」

等他們抵達下水道的入口，一行人已經渾身濕透。儘管阿沫花了幾分鐘企圖說服摩根，她仍然不願意跟大家一起進去。她棲息在一堆掉落的磚塊上方，然後嘎嘎叫了幾聲，飛進黑夜中。

阿沫依依不捨地看她離開，「我猜她餓了。」他說，「希望她可以找到東西吃。」

雖然三個孩子抖個不停，歌蒂卻猶豫不決地在隧道入口徘徊，「這裡還住了兩個男孩。」她低聲說，「龐斯和耗子。龐斯年紀比較大，別相信他所說的任何一句話。從現在開始，不要相信任何人說的任何一句話。現在是謊言日，一切都是非顛倒。」她停下來，然後繼續說，「喔，對了，還有我們必須說謊。」

「就算我們跟彼此說話的時候也一樣嗎？」邦妮低聲說。

「只有我們的時候不用，」歌蒂說，「可是有其他人在場的時候我們最好照做，除非摸著一隻動物，那麼就可以說實話。」

花貓帶路走進隧道，裡面比歌蒂印象中的還要漆黑。她緊咬著牙，沿路扶著濕黏的牆壁緩緩前進。邦妮緊緊抓住她的外套，阿沫則殿後。今晚的滴水聲格外響亮，她可以聽見附近的地下蓄水池傳來汩汩的流水聲。

等到歌蒂覺得他們大概走到一半時，她停下腳步輕輕喚著，「龐斯？耗子？你們在嗎？」沒有回應，不過歌蒂好像聽見有人在呼吸。「龐斯？」她說，「是你嗎？」

「不是，」龐斯聲音低沉地說，「是妖怪。」

打火器啪一聲冒出黃光。出現在三個孩子正前方，如鬼魅懸掛在半空中的，是一張駭人大嘴，還有銀色獠牙和閃閃發亮的邪惡小眼睛。

邦妮嚇得放聲尖叫。阿沫連忙往前跳，站在她的面前。

「我知道那不是你，龐斯。」歌蒂嘶聲說。

當下突然一陣沉默，接著龐斯移開燈籠，歌蒂看見他的纖細手臂。「妳把這裡當什麼了？寄宿公寓嗎？」他說完，回頭沿著隧道走去。

歌蒂匆匆追上他，「我知道你會很高興見到我們。」

「是啊。」龐斯喃喃地說，「耶比。」

他們轉個彎，龐斯將毛毯掀到一旁。「那兒沒人，耗子。」他說，「只有一群餓死鬼。」

耗子見到歌蒂揚起微笑，花貓過去磨蹭他，一邊發出呼嚕呼嚕的聲音。阿沫和邦妮猶豫地看著兩個男孩，接著阿沫把妹妹推到營火前面，在她旁邊蹲下。

營火邊上擺著一個舊茶壺，耗子把茶壺放進木炭堆，找出兩個錫製馬克杯，分別撒了一些可可粉到杯內。

龐斯雙手抱胸靠在牆邊，「你把我們僅有的東西通通給了他們，耗子。」他生氣地說，「他們是貴賓，是貴賓，他們可以想待多久就待多久。」

耗子只是咧嘴一笑。歌蒂說，「我們會在這裡待上幾個禮拜，你等著看吧，龐斯。我向你保證我們明天晚上還會回來。就算有辦法我們也不打算回家了。」

龐斯聳聳肩。耗子拿起茶壺，倒熱水沖泡可可粉。巧克力的香味彌漫整個小房間。他對歌蒂扮了個鬼臉，彷彿在說只有兩個杯子他很抱歉，然後把一個杯子給邦妮，另一個給阿沫。他們聞著蒸氣，感激地喝下熱可可。花貓跳到他們旁邊的石頭上，閉起眼睛，在營火邊取暖。

「這是船上那隻貓。」邦妮說，「我剛剛沒有注意到。」

「妳的意思是這不是船上的那隻貓。」歌蒂說。

「喔。」邦妮說，「沒錯，我是說，不對，我是說——」她迷糊地搖著頭。

花貓打了個哈欠。牠那濕淋淋的貓毛貼著身體，歌蒂第一次注意到牠的修長雙腿、巨大貓掌和那欺人的溫順。

就像一隻懶惰貓！她心想，後來又不禁自嘲，懶惰貓比這傢伙大上好幾倍，而且幾百年前就已經絕種了。何況，如果這是一隻懶惰貓，現在肯定早就把他們殺光了。

話雖如此，這隻動物有種神秘的氣質，她很驚訝自己之前竟然有膽子把牠抱起來。

等阿沫喝完熱可可，耗子又替歌蒂沖了一杯，接著他吹聲口哨，放在角落的嬰兒車傳出窸窸窣窣的聲音。一群老鼠排山倒海地冒出來，匆匆忙忙爬上小男孩的肩膀。他對老鼠們輕聲低吟，其中兩隻沿著他的手臂跑到他的手上。

邦妮傾身向前，眼睛睜得老大。老鼠坐起來觀察她，小鼻子不停抽動。

「牠們不會咬人，對吧？」阿沫說。

「當然會了。」龐斯說，「牠們專吃人肉，是真的。早些時候牠們拖了一個老太太到這裡，現在除了她的假牙和內衣以外，已經屍骨無存了。」

阿沫翻了個白眼。邦妮放聲大笑，伸出指尖摸了摸其中一隻老鼠。

歌蒂捧著熱騰騰的馬克杯說，「牠們不會算命。」

「牠們可以幫我們算算嗎？」邦妮問道。

耗子又吹了一聲口哨，老鼠奔回嬰兒車，叼了十幾張紙片回來。耗子一張張挑選，最後留下三張。

第一張紙片是一張貓咪圖片，第二張寫著太多水，第三張則寫著最後一刻，出身高貴的女士。

邦妮的臉垮了下來，「這根本沒有——我是說，這很有道理。」

耗子笑了笑，抓起三隻老鼠，然後分給三個孩子一人一隻。歌蒂的雙手捧著那顫抖的小身體。「很好，」她說，「現在我們可以說實話了。」

她盯著那些碎紙片，「第一張可能是說我們離開這裡時，貓咪會跟我們一起走。說不定這很重要，出於某些原因。」

花貓緩緩地眨了眨眼，然後往營火靠近。

「第二張說的可能是海洋，也許是我們回家的方法，坐船比坐車快多了。第三張的話——我認為第三張肯定是守護者。」

「出身高貴？」阿沫說，「意思是皇后，或類似身分的人。一名皇室。」

「可是我們沒有皇后。」歌蒂說，「所以這裡說的一定是守護者了，或許她正在找我們！」

邦妮的眼神顯得很著急，「可是謊言日怎麼說？妳不是說一切都是謊言嗎？或許算出來的結果也是謊言。」

「是嗎？」歌蒂問耗子，「在謊言日期間，算命結果是個謊言嗎？」

白髮男孩用臉頰親熱地愛撫一隻老鼠，然後搖搖頭。

歌蒂不禁鬆一口氣。就算沒有天大謊言，她還是想辦法把朋友們救出哈羅的手掌心了。而現在他們掌握了命運，一個真實的命運，一個好運！

可是他們尚未安全，她這麼提醒自己。除非他們離開史波克，哈羅再也無法抓到他們，才算得上真正的安全。

他現在可能就在外面找我們。

儘管營火很溫暖，她一想到要是哈羅逮到他們之後可能會發生什麼，就感到不寒而慄。

❖

博物館後廳的深處，西紐和布魯正在追蹤拉姆怪。西紐還沒看見那頭動物，事實上，他從來沒有見過——拉姆怪在他出生前就已經絕種多時。不過他聽說過牠們的事蹟，聽說過牠們有多敏捷，又有多兇猛。他聽說牠們身形龐大，喜歡在獵物身上打滾，好讓肉質鬆軟方便進食。

如果這種動物逃到城市，肯定是一場災難，所以西紐和布魯已經花了好幾個鐘頭追蹤牠，沿著牠留下的氣味尾隨在後。終於他們現在越來越接近了。

「牠在隔壁房間。」布魯的鬃毛豎了起來，「我們先把牠困在裡面，然後我把牠殺了！」

「不。」西紐說著，慢慢走進通往老礦梯館的大門，「不可以。」

「你還能拿一隻拉姆怪做什麼？」布魯低沉地說，「牠們笨得要命，整天只想著吃。」

「我不管，這隻動物大概是牠們族類的最後一隻，就像你一樣。我們必須想辦法把牠趕到陰險門，丹先生和歐嘉．西亞佛嘉正在那裡等我們。」

布魯貼平耳朵，「拉姆怪可沒辦法像趕鴨子那樣。」

「你或許說得對，但無論如何我們必須試一試。」西紐忍住打噴嚏的衝動，「哇喔，牠可真臭，不是嘛！」

他從口袋裡抽出手帕，包住他的長鼻子，「我不敢想像那些孩子究竟發生了什麼事，竟然讓這種東西跑了出來。我一直祈禱牠在某個角落睡著了，這樣我們就知道一切安好，孩子們都平安無事。」他一臉苦相，「我想這是不可能的了。」

「牠聞起來很有精神。」

「是啊。」西紐頓了一下，「你覺得牠見到我們會攻擊還是會繼續逃跑？」

「牠會先逃跑，然後再攻擊。」

西紐取下豎琴，「那麼，我們最好跟牠和平相處。你準備好了嗎？」

暴風犬挺直身子，如惡夢般漆黑的巨大影子出現在牆上，雙眼閃閃發亮。

「準備好了！」他咆哮著說。

於是他和西紐跳出來，往拉姆怪的方向衝過去。

19 芙蘭絲

「今晚會是個溫暖的一夜。」龐斯撥弄著營火喃喃地說，「應該不需要更多木材。」

他推開阿沫，消失在隧道盡頭。等他一離開，阿沫立刻轉向歌蒂，「我們該如何離開史波克？別說謊，現在只有我們。」

歌蒂看著營火旁邊那團棉被，邦妮和耗子睡得很香，花貓則窩在兩人中間。「我不確定。」她低聲說，「我不知道我們可以相信誰。那個把你們關起來的男人——」

「哈羅？」

花貓的耳朵輕輕擺動，彷彿被螯了一下。「噓！」歌蒂說，「這裡到處都有他的眼線。」

「這裡可沒有。」阿沫說。

「或許沒有，可是——」歌蒂想起樂團指揮那張害怕的臉。

「你已經害死我了，還有我的所有同伴！」

她不禁打了個冷顫。哈羅就像黑色陰影籠罩著整座城市。她希望——喔，她多希望可以抓住一個天大謊言，然後利用它帶朋友們到安全的地方。

「你有看見他嗎？」她低聲說。

阿沫搖搖頭，「我聽克德說他正在忙另一樁勾當，穿著綠色斗篷的女人好像是負責跑腿的。」

「她是誰？」

「我只知道她的名字叫芙蘭絲，大多數的時間她都不在我們旁邊，而她出現的時候總是戴著面具，我甚至沒聽過她開口說話。」

「克德有說為什麼他們要綁架邦妮嗎？」

「沒有，一句話也沒有。」

歌蒂把聲音壓得更低了，「我得知一件事。哈羅是個殺人兇手，他至少害死了十幾個人。還有，你記得毀掉首輔辦公室的那枚炸彈嗎？就是他幹的！至少是他的手下幹的。」

阿沫目瞪口呆地看著她，「妳確定嗎？」

「不——不確定，可是我想八成是真的。」

「為什麼他要炸掉首輔的辦公室？」

「我不知道。」

兩人頓時陷入沉默。歌蒂咬著指甲，一邊思考他們到底該如何平安回家，而不會被逮住。

不一會兒，阿沫開口說，「聽著，我們必須試著去相信人。」

「是嗎？算命說我們會搭船回家，如果我們把自己隱藏起來，然後偷偷搭上一艘船——」

「我們絕對沒有問題，可是邦妮怎麼辦？如果哈羅的——如果他的手下抓到她——」

他突然停止說話。遮住隧道的毛毯被掀到一旁，接著龐斯走進來，手裡堆滿木板。

「別擔心我。」龐斯說。他的面具對著歌蒂和阿沫閃閃發亮，「這些舊東西就像羽毛一樣輕。」

他將木板放在角落，然後坐下來繼續撥弄營火。阿沫彎腰向前，「聽著，龐斯，如果我們不想回去璀璨城——」

歌蒂對他搖搖頭，但阿沫不予理會，「如果我們不想回去璀璨城，如果我們不想馬上回去，最壞的方式是什麼？」

龐斯用力戳著營火，「這就是妳的任務？」他對歌蒂說，「沒有報酬的那個？」

歌蒂沒有回答，她不相信龐斯，希望阿沫從未請他幫忙，但現在做什麼補救都已經太遲了。

「還有其他人牽扯在內嗎？」龐斯說，「例如有沒有什麼打算阻止你們回去璀璨城的人？」

「沒有。」阿沫說，意思是有。

「有。」歌蒂說，意思是沒有。

「做好你們的決定。」龐斯暗自發笑，「有人在追你們，還是沒有？」

歌蒂模樣兇狠地向前靠，「愛管閒事就儘管來吧，龐斯。你是幫得了我們，還是幫不了？」

「好吧，好吧。」龐斯舉起雙手說，「我想——我想大概幫不了。」他猶豫了一下，「有錢拿嗎？」

歌蒂搖搖頭，「絕對沒有，要是我們平安到家的話。」

「嗯，」龐斯說，「真討厭，或許我不會去找人談談。」他站起來，朝簾子懶洋洋地走過去。

「龐斯。」歌蒂說。

男孩轉過身來，「怎麼？」

「別把這件事保密，告訴所有人，所有的人。」

龐斯裝模作樣地敬個禮，雙眼在面具底下閃閃發光——接著就離開了。

❖

幾個鐘頭後，歌蒂醒過來，燈籠在眼前忽明忽暗，而龐斯正在彎腰看著她。

「我沒有找到一艘船。」他低聲說，口氣聽起來很得意，「船長不是我的朋友，那艘船也不會在一個鐘頭內離開，更不是直接駛去璀璨城。」

歌蒂立刻爬起來，「你願意帶我們去找他嗎？」

龐斯哼了一聲，「我當然願意，反正除了帶幾個外地來的小鬼頭去搭觀光船，我也沒別的事情好做。」

「我們該怎麼找到他？」

「地圖是沒有用的。」龐斯轉身離開，然後又繞了回來。他的長褲口袋裡有東西在叮噹作響，「妳準備的時候記得發出一大堆噪音。」他嘶聲說，「耗子不累，不需要睡美容覺。妳盡量製造噪音吧。」

歌蒂躡手躡腳走過小房間叫醒阿沫和邦妮，龐斯在燈籠裡放了另一截蠟燭，用木炭在隧道牆壁畫了一張地圖。當他完成後，三個來自瓘璨城的孩子圍了過來。

龐斯用黑手指指著地圖下方，「我們不在這裡。」他說著，指向另一個地方，「而碼頭不在這裡。」

歌蒂彎腰靠近，看見五個簡單畫上的小人物，再上去看起來似乎是一艘船的圖案。

「這個，」龐斯指著碼頭附近的方形斑點繼續說，「不是一個廢棄的馬場。我的朋友不會在這裡等你們。」

他的手指回到起點，「現在，你們該怎麼從這裡到馬場呢？很困難。首先，不要走這條街，然後——」

他的手在地圖上動來動去，長褲口袋叮噹作響。

叮噹、叮噹、叮噹、叮噹……

❖

歌蒂希望可以跟耗子道別，但是他還在睡，而且每次她往耗子那兒看過去，龐斯總在瞪著她，所以她只好對著嬰兒車低聲道謝、說再見，希望老鼠會明白，然後以某種方法把她的訊息傳達給男孩。

要離開這個溫暖的小房間真的很困難，但是至少他們不寂寞——花貓跟他們一起走，就像算命所說的那樣。歌蒂很高興。哈羅和他的手下仍然在外頭的某個地方，她需要她的夥伴在身邊。

我們還有摩根，她心想。

可是當他們來到隧道口的時候，卻不見殺戮鳥的蹤影。

阿沫咬著嘴唇，「我們應該要等她，她不會離得太遠。」

「我們沒有時間了。」歌蒂說，「別擔心，她會追上我們的。如果她曾經找到我們一次，就可以找到我們第二次。」

「妳在說謊嗎？」邦妮說。

歌蒂微微一笑，「沒有，現在只有我們在場，不需要說謊。」

「妳想現在幾點了？」阿沫說。

「不知道。」歌蒂說，「凌晨兩點？兩點半？」

隨著花貓在一旁小跑步，他們開始踏上漆黑的街道，沿著記憶中龐斯所畫的地圖方位前進。雨勢已經停止，但是到處湧出許多流水，彷彿地球載了太多水，現在開始漏出來。

附近的人不多，謊言日只剩下遠方偶爾傳來的甩炮聲。等孩子們接近碼頭，就連那個聲音也漸漸消失。

馬場位於一排廢棄屋子的半路上，四周圍繞著高聳的石牆，只有一個入口，裡面一片漆黑，沒有半點光線。

他們和花貓在幾間屋子前面停下腳步。「我以為龐斯的朋友現在應該已經在裡面了。」歌蒂低聲說，不安地看著大門。她腦中的聲音低語著，小心。

「他大概在裡面等我們。」邦妮說，「快進去吧，我好冷。」

阿沫搖搖頭，「如果他在裡面，為什麼沒有開燈？我不喜歡這種感覺，那個馬場可能是陷阱。」

「我得湊近點看看。」歌蒂說，「你們兩個在這裡等我。」

阿沫點點頭，「小心。」

歌蒂繞過巷子，從後方慢慢接近馬場，花貓則小跑步跟在旁邊。她那不安的感覺越來越強烈，於是她緊緊壓住面具，並希望自己早點想到帶面具給兩個朋友，但是現在已經來不及了。她無聲無息地爬過石牆，溜進馬場，對這個夜開啟她的感官。

月光被烏雲遮蔽，她的眼睛看得不是很清楚。她可以看見一間間廢棄的馬廄和看起來像是舊馬車的東西，但就這麼多。

花貓在她旁邊來回搖擺著尾巴。

她的鼻子嗅出這間馬場已經多年無人使用，裡面充滿濕羽毛和水垢的臭味，零星戰役和寒冬飢餓的味道，以及突然噴出的血腥味。

她的耳朵……什麼也沒聽到。

她的皮膚突然打起寒顫。氣味如此複雜的地方應該充滿許多微弱聲音，像是爪子的拍打聲，鳥兒靜悄悄的腳步聲，意外死亡的尖叫聲。

然而，這間馬場籠罩著一股反常的寂靜，就好像平時住在這裡的生物正屏氣凝神，等待更大的掠食者離去。

牠們在怕什麼？歌蒂不禁好奇。怕她？怕這隻貓？還是……

「還有其他人在這裡，對不對？」她對花貓低聲說，「他們是誰？你可以帶我去看看嗎？」

花貓撞了她一下，然後大搖大擺穿過馬場。歌蒂踮起腳尖跟上去，就像她在博物館學過的那樣。第一排馬廄突然冒出來，接著是第二排。歌蒂沿著馬廄後方徐徐前進，納悶這隻貓要帶她去哪裡。

就在這時她看見了——從馬廄欄杆內透出來的微弱光線。

她用指尖觸摸馬廄的後牆，感覺到一股震動，彷彿有人站得不耐煩了，左腳右腳不停交換重心。她踮起腳尖，透過欄杆往裡面偷看。

首先，她看見一只燈籠，掛在馬廄的天花板上方，光線幾乎被鐵燈罩遮蔽。在殘餘的微弱光束底下，歌蒂辨識出一個模糊身影。

一個穿戴綠色斗篷和貓咪面具的熟悉身影。

是芙蘭絲。

歌蒂差點就要失望地叫出聲。盡快回家的希望碎落一地，根本沒有回璀璨城的船，也沒有什麼安全路線。龐斯背叛了他們。

芙蘭絲來回走來走去。「快啊，」她低聲說，「你們這些小頑童在哪裡？快來啊。」

當歌蒂聽見那個聲音，手腕開始發燙，彷彿有條守護鏈正在摩擦著皮膚。她忍不住起了一身雞皮疙瘩。

不，她心想，不，不可能……

「該死！」芙蘭絲喃喃自語，「他們到底在哪裡？」她把面具推到額頭揉揉眼睛，斗篷突然飄起來，燈籠發出的細小光束落在她的臉上。

歌蒂眨了眨眼。馬場開始繞著她打轉，彷彿整個世界失去了平衡。貓咪面具邪惡地眨著眼睛。

貓咪……

但是讓歌蒂害怕的並不是想起算命的結果，也不是龐斯的背叛。她緩緩離開馬廄，全身嚇得發冷。花貓先一步跳出石牆，歌蒂跟在後面，

她慢慢走回來的時候，可以感覺到阿沫在看著她。「是陷阱，對吧。」他低聲說。

歌蒂點點頭，嚥下一口口水，然後摸著面具，幾乎無法相信剛剛見到的。

「什麼？」阿沫低聲說，「告訴我。」

「那個身穿綠色斗篷的女人芙蘭絲，那個幫哈羅跑腿的女人，她是——她是——」

「嗷嗚！」花貓咒罵一聲，尾巴快速地左右搖晃。

「她是——」

「快告訴我！」

歌蒂發著抖，深吸一口氣，「她是神聖護法霍普！」

20 陷阱

阿沫和邦妮一臉震驚地看著歌蒂。神聖護法霍普，那個企圖賣掉歌蒂的女人！那個與首輔聯手，差點毀掉璀璨城的女人。

「可是她已經死了！」邦妮說，「她六個月前淹死了，她還有首輔都是。」

「噓！他們的屍體一直沒有找到。」

「是沒有，可是——」

「我們必須趕快離開這裡。」歌蒂說，「她很快就會發現事情不對勁，然後過來找我們。」

「我們能去哪裡？」邦妮說。

阿沫沉下臉，「回下水道去，我要扭斷龐斯的脖子。」

「我們還是可以到碼頭邊看看，」歌蒂說，「說不定那裡真的有艘船準備回璀璨城，說不定那部分是真的。」

「我們怎麼知道那些船安不安全？」邦妮說。

歌蒂和邦妮看著彼此。「我們不會知道。」阿沫說，「要是哈羅真的到處都有眼線，我們不會知道的。」

「我們必須從陸地回去了。」歌蒂說，「這會花比較長的時間——」

「妳要我們用走的？」邦妮不敢置信地發出尖叫，「一路走回璀璨城？」

「噓！」阿沫和歌蒂異口同聲地說。

然而這麼做為時已晚。在這寂靜的夜裡，邦妮的聲音就像鳴聲大作的警報。馬場裡傳出一記咆哮，接著是踏出大門、朝他們而來的沉重腳步聲。

三個孩子轉身開跑，重新經過那些廢棄屋子，然後拐了個彎，跨過一條不停湧出的流水——邦妮差點沒能跳過去。他們經過一間屠馬場，又經過一排封死的商店，花貓在旁邊跟著奔馳，尾巴抬得老高，雙耳平貼著腦袋。

他們逃跑的同時，歌蒂有個疑問一直在腦海重複，就像錫罐裡的小石子咚咚作響。霍普護法在這裡做什麼？

城市這一區的路燈大多壞掉了，有些地方甚至暗到看不見五步以外的東西。有一次歌蒂差點迎面撞上牆壁。小心！腦中的聲音叫道，於是她及時轉彎，並且大叫一聲警告其他人。

他們跑過一條又一條街道，在轉角巷弄間不斷閃躲。但無論他們怎麼努力，就是甩不掉那些追趕他們的人。過不了多久，歌蒂的心臟彷彿就要在胸口爆炸。

她看見兩棟建築物中間有一條小巷子。花貓跳了進去，三個孩子也隨後跟上。有人在他們後方興奮地大叫，就像一隻發現野兔的小狗。

到了巷子的盡頭，歌蒂瘋狂地東張西望。「走哪邊？」她對花貓說。

在她旁邊的牆壁，有一扇被撞壞的鐵門突然嘩一聲打開。一隻小手匆匆忙忙對他們招手。

「耗子！」

阿沫抓住歌蒂的手臂，「不行，我們不能相信他。」

「他們不在這一邊，克德。」巷口傳來吼叫聲，「我沒有追上他們，唷呼！」

歌蒂掙脫阿沫的手，從門口跳進去，邦妮緊跟在後。阿沫猶豫了一會兒，也跟隨他們跳進去。

他們穿過許多廢棄房間，走下一條石階來到一間潮濕的小地窖。在他們面前是一個隧道入口，入口被鐵欄杆封住了。歌蒂可以聽見水流的聲音。

「另一條——舊地下道？」阿沫喘著氣說。

耗子點點頭。

「這是不是——通往另一邊的——出口？不准說謊！」

小男孩又點點頭。

鐵欄杆生鏽已久，動彈不得，幸好有個缺口，邦妮和耗子可以輕易溜進去。不過另外兩個年長的孩子就辛苦多了。歌蒂聽見史曼腳步沉重地走下石階朝他們而來。

「快。」她說完，在阿沫之後擠進缺口。

整條隧道漆黑又狹窄，孩子們沿路摸黑往下走，雙手扶著石牆，蜘蛛網頻頻掃過臉頰。他們走不到十步，隧道突然轉向，於是他們連忙轉彎——卻剛好碰上一堆落石。

耗子叫了一聲，阿沫和邦妮則被這聲音嚇得也叫了出來。歌蒂手忙腳亂摸索那堆破磚瓦礫，想要找到一條路穿過去，但隧道從上到下都被填滿，無處可逃。

她靠在牆邊喘氣，阿沫轉向耗子。「這是個陷阱，」他狠狠地說，「你故意帶我們到這裡來的。」

歌蒂腳邊的某個地方，花貓發出嘶嘶的警告聲。

「聽，」邦妮低聲說，「是史曼，他想要穿過欄杆！」

史曼又是咕噥又是咒罵，可是缺口太小，欄杆也沒辦法開得更寬讓他過去。過了一、兩分鐘他宣告放棄。歌蒂聽見他大叫著說，「嘿，克德，我覺得我沒有困住他們。」

克德傳來回應，「有幾個？」

「我沒看見四個。」

克德腳步沉重地走下石階，燈籠的光暈透進了隧道內，「哈！他們沒有變得越來越多了。」

「芙蘭絲到哪兒去了？」史曼說，「別告訴她是我抓住他們的！」

邦妮不停地發抖，歌蒂張開雙臂抱住她。「別擔心，芙西亞公主。」她低聲說，「摩根會找到我們的。她會想辦法進入這間房子，把他們趕跑。」

阿沫哼了一聲，「這次他們準備好好嘗嘗她的厲害。」

「我們不會放棄，對吧？」邦妮說。

「不會。」歌蒂低聲說，「哈羅太危險了。」

耗子點點頭，用手指劃過喉嚨，這舉動讓她不禁起了雞皮疙瘩。

「歌蒂，妳確定妳見到的是霍普護法嗎？」阿沫低聲說，「這說不通啊，她在這裡做什麼？為什麼她會替哈羅這種人辦事？」

「我不知道——」歌蒂突然住口，過去幾天她看見的、聽見的所有事情通通湧入腦海，形成一個意想不到的畫面……

她放開邦妮，「那枚炸彈！」

「什麼炸彈？」邦妮低聲說，「妳是說炸掉首輔辦公室的炸彈嗎？」

「沒錯，那是哈羅幹的好事，至少有人是這麼告訴我的。但他為什麼要做出這種事？」畫面一轉，每個片段突然變得清清楚楚，就像開鎖時發出卡嗒的一聲，「誰從中得利？」

「沒有人。」阿沫說。

歌蒂搖搖頭，「你不記得了嗎？炸彈爆炸之前，曾經有傳言說守護者準備將神聖護法的人數減半，所有人都高興得不得了。可是炸彈爆炸後，大家都害怕得想要更多護法，而不是減少，一夜之間護法人數就幾乎暴增了兩倍。」

「可是——」阿沫說。

「你聽好，」歌蒂輕聲說，「霍普護法就是芙蘭絲，我看見她了！所以誰是哈羅？她願意為誰做事？誰是霍普護法唯一效忠的人？」

有那麼一會兒，除了流水聲，四周一片寂靜，接著阿沫用驚訝的口吻說，「是——是首輔！肯定是。他還活著，是他綁走了邦妮，炸掉自己的辦公室！」

在隧道入口處，有人正在清喉嚨。鐵欄杆發出刺耳的聲音，燈籠光閃過孩子的臉。

歌蒂血管中的血液瞬間凍結。

「好啊好啊。」霍普護法說，「克德，你有沒有注意到這些老舊下水道可以放大那些竊竊私語的音量？如果你碰巧在聽，可以聽見不少有趣的事情。」

❖

首輔受不了自己畢恭畢敬的態度，感覺就像一只麻布袋不斷磨蹭他的皮膚，他就是受不了。

他也受不了地牢，因此，昨晚他開始說服守衛讓他改睡在辦公室裡。他揚起迷人微笑，像拉糖般東拉西扯扭曲事實。五分鐘過後，守衛開始對他回以微笑。十分鐘過後，他們以為去辦公室睡覺這個主意是他們想出來的。

只要他花點心思，事情總是出奇得簡單。

於是，現在的他正躺在一張舒適的椅子上打瞌睡。就在這時，信號站的信差突然來訪，他聽見守衛們立刻挺直身子，他則慢慢地抬起頭。

「首輔大人，」信差說，「剛收到一條緊急消息。」她塞了一張信封到他的手中。

想當然耳，消息加了密，就像他收到的其他消息那樣。那是個簡單的密碼，是他和霍普護法幾個星期前研究出來的。

「我想我們找到孩子了」意思是「頑童已經受到嚴密監禁」。

「已漸漸逼近那些惡棍」意思是「一切照計畫進行中，無人起疑」。

他們允許事情偶爾出點差錯，可是他從來沒有想過會看見現在攤在他面前的這條消息。

「上次通報後至今仍沒有孩子們的蹤影，相信他們還活著，但病得很重，請指示。」

他怒氣攻心，感覺好像要吐了。他強迫自己鎮定下來。

「妳確定這封信的內容正確嗎？」他問那名年輕女子，「我知道夜晚不容易傳遞訊息，或許有些信號燈沒有亮。」

「他們檢查過了，首輔大人，為了保險起見。所有的燈都沒有問題。」

「出了什麼事嗎？」一名守衛彎腰看著紙條說。

「自己讀一讀吧。」首輔邊說，邊努力讓自己面無表情。他的內心升起一股強烈的憤怒，他想要從椅子上跳起來，對那名守衛大叫。

當然出事了，你這個白痴！那些頑童逃跑了！雖然他們已經被抓回來，但是不知怎地發現了真相，所有的真相！

守衛將那封信大聲唸出來，「病得很嚴重？我不喜歡這個說法。」

「我也不喜歡，可是我們千萬——我們千萬不能放棄。」首輔喃喃地說。他抓起一枝筆和一張紙，開始草草寫下加密的回覆，手勁重得把筆尖弄斷了。

他再拿起一枝筆，重新開始書寫。「好。」他說，「我邊寫邊把內容大聲唸出來。」他清清喉嚨，「出動所有可用資源，今晚……把他們……救出來。重複……今晚。重複……救出來。」

他吸乾墨水，再把信放進信封裡交給信差。她低頭喃喃地說，「首輔大人，我只是想說，我們都很感激你為了救出那些孩子所做的努力。」她說完，便趕緊衝出門外。

隨著信差的腳步聲逐漸遠去，首輔往椅背上一靠，「現在，」他說，「一切就交給我的線人——還有七靈神的意願了。」

守衛們紛紛彈動手指。「那樣很好，首輔大人。」最年輕的守衛說，「你重複那些字句的方式，可以讓他們加緊行動。」

「我就是這麼希望。」首輔喃喃地說。

首輔的腦中重新想起了剛剛送出去的消息，「出動所有可用資源。」

那句話將會啟動他的備用方案，是很重要的一段。現在他很慶幸當初有準備備案。當然，整件事能夠按照自己的想法順利進行更叫人滿意，而且南方群島的傭兵團貴得不像話，不過他們即將證明他們的價值。幸運的話他再過一、兩天就可以自由，而璀璨城終將臣服於他。

信中第二段其實是當下才產生的想法，但是修補漏洞是很重要的事，而那群孩子是很嚴重的漏洞。

他暗自竊笑，怒火全然消失。最年輕的守衛要是知道真正的訊息內容是什麼一定會很驚訝，也就是霍普即將執行的內容。

「今晚把他們殺了。重複——今晚。重複——把他們殺了。」

21 太多水

克德手中的燈籠光微微透進隧道裡，就像不真實的曙光。耗子痛苦得臉色發白，小老鼠全部縮在他的肩膀上，緊緊貼著他的脖子，彷彿想要替他取暖。流水聲變得越來越響亮。

「我想摩根已經忘記我們了。」邦妮說。她在發抖，所有人都在發抖，除了那隻貓。牠蹲在隧道牆壁四分之三處的石台上清理爪子。

邦妮碰了碰耗子的手臂，「是龐斯派你來的嗎？」

「是啊，」阿沫大聲咆哮，「派他來抓住我們。」

耗子搖搖頭，表演剛睡醒發現他們離去的模樣，又假裝是龐斯，心情大好的龐斯，正在數著長褲口袋裡的一疊硬幣——耗子從未見過那麼多硬幣。然後，他表演自己在牆上找到那張地圖，拚了命地跑到廢棄馬場想要去警告他們，卻發現陷阱已經觸發。

耗子拿起一塊落石，讓他們知道石頭有多新——肯定是前幾天才掉下來的。

阿沫只是哼了一聲。

「我相信你。」邦妮說著，瞪了哥哥一眼。

「龐斯知道你跑來找我們嗎？」歌蒂說。

耗子搖搖頭。

「我不明白為什麼——」邦妮準備開口說話。

「噓！」阿沫說。

歌蒂聽見石階那頭傳來腳步聲，又見到第二盞燈籠照亮隧道口。她連忙調整面具。霍普護法已經離開了一個小時左右，不過現在又回來了。

「嘿，芙蘭絲。」史曼說，「看啊，小鬼頭都不見了。妳有告訴哈羅不是我抓到他們的嗎？」

「停止說這些愚蠢的謊言了，笨蛋。」霍普護法厲聲說，「在七靈神眼中，謊言日是褻瀆神明的節日。我戴面具是為了我個人的神聖計畫，如此而已。你們兩個給我老老實實說話，明白嗎？」

「不明白，呃，嗯，明白。」史曼說。

「你呢，克德？」

「我無所謂。」克德說。

「我離開的期間有見到那隻鳥嗎？」

「有，我是說，沒有。」克德說，「不過要是牠出現了，我們也已經做好準備。」

「很好。」霍普護法說完，用力拉扯欄杆，「你確定這東西不能再打開一點嗎？」

「不動如山。」克德說，「那個缺口我們擠不進去。」

「嗯，這麼一來有意思了……」霍普護法舉起燈籠，讓光線照在孩子們的臉上，「為什麼有這麼多個？應該只有兩個才對。另外兩個是什麼人？」

「看到那個白頭髮的小鬼頭了嗎？」克德說，「他在香料廣場上幫人算命。戴面具的那個我不認識，但昨晚就是他幫他們逃跑的。」

「小伙子，你是誰？」霍普護法叫道。

歌蒂不發一語。一滴水珠落在她的頸背。

「哼，不管你是誰，」霍普護法說，「你將會後悔蹚進這渾水。」

「妳要對我們做什麼？」阿沫大聲說著，雙手抱住妹妹。

「這個嘛，我們本來打算送你們回家，想想這會是多麼歡樂的場面。」霍普護法陰沉地大笑，「走失的孩子回到父母的懷抱，喔，大街小巷將會手舞足蹈。璀璨城的市民最在乎的就是他們的小兔崽子了。」

「先綁走我們再把我們帶回家的意義在哪裡？」邦妮躲在阿沫的懷裡向外偷看，「這樣太蠢了。」

「蠢？」霍普護法厲聲說，「這是個完美計畫！首輔大人精心研究了好久。」

「我不懂。」阿沫發著抖說。

「你當然不懂，那是因為真正的遊戲是在璀璨城展開，你不過是顆棋子。」

霍普護法的聲音在隧道中迴盪，「棋子……棋子……棋子……」但歌蒂幾乎沒有注意到。她的心思仍停留在剛剛說出的那十一個字上面，「我們本來打算送你們回家。」

她摀住嘴巴不讓自己叫出聲來。如果當初她沒有救出邦妮和阿沫，他們可能還很安全！甚至可能已經在回家的路上！

但是霍普護法現在不可能讓他們走。他們已經知道太多內情，所以她會怎麼做？把他們關起來？還是賣給南方海域的人口販子？

「事情是這樣，」霍普護法繼續說，「此時此刻首輔大人就待在璀璨城。他主動投案，要求為自己的罪行付出代價，可憐的首輔。」

她暗自發笑，「知道嗎，在你們被『綁走』之後，就是他循線在史波克找到你們的。若不是他，你們可能永遠消失了。現在告訴我，你們覺得璀燦城的市民會讓守護者囚禁這個幫他們找回失蹤孩童的人嗎？不，當然不會了。他們會原諒他，他們會希望他重返崗位，保護孩子們的安全。這點守護者可做不到，是吧？為什麼？因為過去幾個禮拜發生了各種意外，有人摔斷腿，有人差點淹死。如果失蹤孩童這招再不管用，我想我們很快就會有一場真正的溺水意外，甚至是謀殺案。」

她憤怒地提高音量，「看看守護者所做的種種改變，再看看發生了什麼事。要我說啊，除掉她，讓首輔回來！讓神聖護法回來！」

她停下來，清清喉嚨，「不過現在，由於你們自作聰明的猜測，首輔大人將被迫使出備案，一支來自南方群島的傭兵團。璀璨城等著聞風喪膽吧！」

她放聲大笑，「至於你們這群孩子，首輔已經下達了新命令。看來你們最終還是無法回家與爸媽團聚了。」

歌蒂的雙腳開始顫抖。人口販子，肯定是要賣給人口販子了。

在她腦中的那個聲音低語說，擠到角落去，別讓她看見妳。

「閉嘴。」歌蒂輕聲說，「我一開始就不應該聽你的！我應該讓邦妮和阿沫留在本來的地方！」

擠到角落去——

「閉嘴。閉嘴、閉嘴、閉嘴！」

擠到——

「閉嘴！」

腦中的聲音突然安靜下來，她不禁大吃一驚，不過她告訴自己這是好事。她曾經相信這個聲音，它卻背叛了她，背叛了所有的人。

她忍不住想起爸媽，想起他們因為自己受了多少苦，不禁恨透了自己。

史曼現在正在隧道外面的石階上跟霍普護法和克德爭吵。「什麼？全部？」他茫然地說，「連那個帶著老鼠的小鬼頭也是？他替我算過一次命，我認為我們不應該——」

「他們付錢給你不是為了聽你的看法。」克德插嘴道，「你只管閉上嘴巴，聽令行事。如果哈羅要我們開槍，那麼我們就開槍。」

開槍？歌蒂肺部的空氣瞬間凍結成冰。除了她以外，阿沫和耗子也嚇得倒抽一口氣。

「我沒說開槍，你們這些笨蛋。」霍普護法厲聲說，「我是說溺斃。」

「有什麼差別？他們還不是都會死。」

「如果我們開槍殺死他們，就是謀殺，這樣等他們的屍體被找到時，會引來太多疑問。可是如果他們是淹死的，不過就是一場——不幸的意外。」

「我們根本抓不到他們，要怎麼將他們溺斃？」克德說。

「這就是整件事最美妙的地方。」霍普護法在石階上坐下來，並提高音量，讓歌蒂可以聽見一字一句，「這座城市曾經利用這些老舊的下水道來淹死海盜。只要一點雨，再加上漲潮，水就會不斷湧進來，淹滿整個地下室。嗯，我們已經有雨了，日出後即將漲潮，我們只需要坐在這裡，確保他們沒有逃跑。」

「太——太多水！」邦妮低聲說。

歌蒂的雙腳抖得更厲害了。她想要控制，可是做不到。都是她的錯，一切都是她的錯。

「可是我不——」史曼說。

「安靜！」克德的聲音很焦急，「我聽見屋頂有聲音，我想是那隻鳥。」

阿沫抖個不停，彷彿想要從一場惡夢中掙脫。他抓住歌蒂的手，手指輕觸著她的皮膚匆匆打起手語，「這是我們的最好機會，快點。」

歌蒂盯著他，感覺彷彿有一陣濃霧從四面八方逼近，又彷彿像是一條鐵鏈，一條隱形的鐵鏈，緊緊地纏住她，讓她動彈不得。

她的朋友就要死了，而這都是她的錯。

「快啊！」阿沫打著手語。

歌蒂仍然動也不動。阿沫盯著她，滿臉糊塗，然後轉身撲向隧道大喊，「摩根！摩根！我們在這裡！」

鐵欄杆外面傳來響亮的振翅聲。一盞燈籠掉到地上，史曼害怕地大叫。霍普護法也放聲尖叫，「抓住牠！開槍射牠！用網子抓住牠！」

歌蒂聽見一記槍聲。「嘎！」摩根發出刺耳的尖叫聲，砰一聲落在地板上。

克德開心地歡呼，「我打中翅膀了。快點，用網子罩住牠，史曼。」

「你對她做了什麼？」阿沫放聲大叫，「摩根，妳還好嗎？」

摩根再次發出尖叫——這次帶著憤怒。

「喔，牠不喜歡被困住。」克德說，「幸好網子很堅固，看看那可怕的鳥嘴。」他放聲大笑，「差點把你的眼睛挖出來了，史曼。」

「這是惡魔派來的鳥，」史曼嘀咕地說，「快射穿牠的腦袋。」

「不！」阿沫叫道，在隧道地板上胡亂摸索，撿起一塊大石頭丟出欄杆外。

「唉唷！」克德說，「你這個小——」

「記住我說過的，克德！」但是霍普護法的警告來得太遲。

第二記槍聲響起，聲音迴盪整條隧道。有東西撞上欄杆發出鏗鏘聲——接著阿沫倒了下去。

❖

拉姆怪動也不動站在遺忘夢想館。牠已經跑了好幾個小時，現在卻彷彿受到什麼刺激，回頭一下子衝向西紐，長牙滴著惡臭的口水，龐大身軀因為憤怒更顯巨大。

方才漫長的追逐戰已經讓西紐精疲力盡，在這驚險的一刻，他直挺挺地站在原地，然後突然撲向一邊，手指出於直覺去撥弄琴弦。第一首歌的旋律從他周圍流洩而出。

在這種情況下，拿彈琴作為武器簡直弱得可笑，這點他知道。要是沒有布魯，他早就已經死了。暴風犬跳出來，把橫衝直撞的拉姆怪擋下，雙方消失在一陣混戰之中。

打鬥聲聽起來十分駭人，幾乎看不見到底發生了什麼事。剛開始，西紐以為布魯占了上風，他看見暴風犬的利牙緊緊咬住拉姆怪的脖子，又聽見痛苦的尖叫聲。但遺忘夢想館是個稍縱即逝的房間，下一秒他又看見拉姆怪抓住布魯的脖子不放，彷彿自始至終都是如此，爾後這個畫面也跟著消失。

他閉上雙眼，俯向豎琴，知道不能相信自己的眼睛。他的手指撥過琴弦，想讓第一首歌的旋律悄悄溜進拉姆怪的獠牙和腦袋之間——如果牠有腦袋的話。

他不知道自己彈了多久。曾經有一度，他睜開眼睛，驚訝地發現手指在流血。他偷偷看了布魯和拉姆怪一眼，牠們正在撕扯彼此沾滿鮮血的身體。他想起歌蒂、阿沫和邦妮，知道無論他們在哪裡，肯定也在為自己的生命奮鬥著。

於是，他再度閉上眼睛，比任何時候都更加激烈地彈奏著。

22 最後一刻，出身高貴的女士

歌蒂的雙腳冷得發麻，身體控制不住地頻頻顫抖。數十根小水管倒進隧道裡的水，已經淹到她的膝蓋。她想太陽就快要升起了。

都是她的錯，一切都是她的錯……

阿沫仍然活著，但沒了意識。槍聲響起後，幾個孩子趁亂將他拖到隧道的角落。歌蒂拿了一團蜘蛛絲壓著他的太陽穴，直到槍傷停止流血，然後用邦妮的上衣袖子做了一條繃帶。

她稍微把他抱起來靠在牆上，耗子和邦妮則緊貼著他身旁的石磚。花貓站在石台上，兩隻眼睛又黑又大，髒兮兮的耳朵平貼腦袋。歌蒂好奇牠會不會游泳，一旦她和她的朋友死了，說不定牠會救自己出去。

說不定等到那些老鼠再也幫不上牠們的小主人，也會紛紛游出去，不過目前牠們只是安靜地照料著他，就像十幾隻小媽媽，用鬍鬚磨蹭他的臉頰，清理身體每一吋清得到的地方。

歌蒂這輩子從來沒有那麼心痛過。若不是她，阿沫和邦妮早就已經在回家的路上，而耗子也會在香料廣場繼續幫人算命。可是現在……

邦妮強忍著不要哭出來。歌蒂伸出一隻手抱住她說，「對、對不起。」顫抖的身體讓她的聲音跟著飄忽不定。她覺得好累好累，也許再過一會兒她會躺下來睡個覺。

「為什麼說對不起？」邦妮說。

「要是我把你們留、留在那裡，這一切就不會發、發生了。都是我、我的錯。」耗子拍拍她的手臂，愁眉苦臉地指了指自己的小小胸膛，再指了指那堆落石，似乎在說，是我的錯。

邦妮擤著鼻子，「別傻、傻了。」她的牙齒不停格格作響，「你們都別傻、傻了。」

「可是這的確是我的錯、錯。」歌蒂開口準備說。

「這麼說起、起來，」邦妮說，「也是我、我的錯。當初在馬、馬廄外弄出太多噪音的人是我，如果我沒有這麼做、做，我們大概已經逃、逃走了。」

她提高音量繼續說，「可是射殺我哥哥的人不、不是我，企圖淹、淹死我們的人也不、不是我，更不是你們。」她現在開始喊叫起來，高亢的聲音在隧道的牆壁迴盪著，「都是他們的錯，」她憤怒地指向隧道口，「我恨、恨他們！等我們出、出去後，我要好好教、教訓他們！」

石階外頭傳來哈哈大笑的聲音。水越升越高，就像那些綁匪的心一樣，冷酷無情。歌蒂低聲說，「邦妮，我——我不認為我們有、有辦法出——」

「別這麼說，我們會、會出去的，妳會想出辦法的。」眼淚從邦妮的臉頰傾瀉而下，「如果我哥哥醒著，」她狠狠地說，「他一定可以把我們弄出去，可是他沒有醒，所以由妳來做、做，我知道妳可以的。」她瞪著耗子，彷彿他剛剛不同意她的話，「你們等、等著瞧吧！」

歌蒂說不出話來。耗子帶著絕望的眼神，目不轉睛地看著她，就連花貓和白老鼠也在看著她，彷彿期待她可以想出一個絕佳的主意。

我不知道什麼絕佳的主意，她心想。

但與此同時，她的腦袋開始蠢蠢欲動。

謊言日。

原始野性。

天大謊言……

天大謊言或許可以拯救他們——前提是她有辦法召喚到一個，前提是它們還沒有被用光的話。

歌蒂用了極大力氣，強迫她那無精打采的腦袋放聲求救，「跟我說話吧，」她暗暗地叫著，「我需要你，我需要你！」

她幻想原始野性在腳下湧現，周遭空氣嘶嘶作響，就像它們繞著那些跳舞的女孩嘶嘶作響那樣。

她用力地想。

然後再想。

又再想。

她覺得自己慢慢陷入絕望。「肯定有辦法召喚一個天大謊言，」她低聲說，「想啊！想啊！」

可是冷水現在已經淹到她的腰部，就像一隻死亡之手緊緊抓住她。她只想要躺下來睡個覺。

這樣難道真的很糟嗎？

不……

她正準備放棄之際，在腦海深處，遙遠得幾乎聽不見的地方，那個聲音低聲說，唱。

「什、什麼？」歌蒂喃喃地說。

唱！

「唱、唱什麼？」

然而，那個聲音從頭到尾只說了唱……

歌蒂在冷得發麻的腦海中搜尋歌曲，但她想不著，所有歌曲都隨著體溫一起消失了。她唯一記得的一首歌是在史波克的街頭聽來的幾句無意義歌詞。

她不知道還能怎麼做，於是開始含糊地唱起歌來，「她的——孩、孩子——毛、毛髮濃密——模樣長得甚、甚是怪異……」

迴盪在隧道裡的歌詞都還沒平息，她就知道這麼做沒有用。要帶他們出去，必須唱一首雄偉的歌，一首天搖地動、讓無情殺手願意放下屠刀的歌。

她閉上眼睛，聽見豎琴的漫彈聲，彷彿從遠方傳來的回音，彷彿在幾百英里的地方，西紐正在彈奏第一首歌，為他和其他人的生命彈奏著，永不停歇，永不放棄。

第一首歌。當然！她怎麼會忘了呢？這是世上所有歌曲的起源。歌蒂不知道在史波克唱這首歌有什麼作用，但她知道肯定能做點什麼……

緩緩升起的潮水現在已經淹到腋下。雖然雙手已經失去知覺，歌蒂仍然緊緊握著阿沫。耗子和邦妮正努力讓頭高過水面。

本來，放手沉入水底會是世界上最簡單的事情，但歌蒂選擇張開嘴巴，開始用粗啞的聲音唱起第一首歌那忽高忽低的怪誕音調，「吼喔喔——喔，嗯嗯喔喔喔——喔喔。」她的喉嚨好像不是自己的，逼自己繼續唱下去，「吼喔喔——喔，嗯嗯喔喔喔——喔喔。」唱了好長好長一段時間，什麼事也沒有發生。就在這時，忽然間，周圍空氣像燭火般搖曳不定。阿沫發出呻吟。

「吼喔喔——喔，」歌蒂嘶啞地唱著，「嗯嗯喔喔喔——喔喔。」搖曳的感覺又來了，就好像——好像有東西對她產生了興趣。歌蒂越唱越大聲，「吼喔喔——喔，吼喔喔—喔，嗯嗯喔喔喔——喔喔。」

「你在那裡做什麼？」爬到石階高處躲避上升水位的霍普護法大聲說，「你為什麼非唱歌不可？」

歌蒂沒有回應。一股突如其來的暖意湧遍全身，給了她力量。她盡其所能地用雙手抱住阿沫和另外兩個孩子，然後繼續唱著，「吼喔喔——喔，嗯嗯喔喔喔——喔喔。」花貓舉起濕淋淋的耳朵，跟著歌蒂嚎叫起來，「凹凹凹——凹，嗚嗚凹凹凹凹——凹。」白老鼠也開始吱吱叫著同樣的怪誕音調。

依然陷入重度昏迷的阿沫也喃喃唱著，「嗯嗯喔喔喔——喔喔。」

於是，事情發生了。四面八方的空氣開始旋轉、嘶嘶作響，歌蒂的歌曲繞著她的頭，她彷彿站在一個巨大漩渦的中間。

耗子的眼睛差點就要掉了出來。「這、這是什麼？」邦妮低聲說，「發生了什麼事？」

歌蒂沒有回應，她在等待對的問題，同時絞盡腦汁想著對的答案……

霍普護法撲通一聲跳進水裡，把臉湊近欄杆，「你在做什麼？」她再度大叫。

克德的臉在她旁邊出現，「是另一個小鬼頭，」他說，「戴面具的那一個。」

「喂，就是你。」霍普護法大叫著說，「你為什麼要唱歌？」

水拍打著歌蒂的鎖骨，空氣繞著她打轉，充滿力量和承諾，「吼喔喔——喔，」她唱著，「嗯嗯喔喔喔——喔喔。」

「小伙子？」霍普護法大叫，「你為什麼要唱歌？你以為你在做什麼？」她的聲音因為生氣變得沙啞，「這整件事到底跟你有什麼關係？你是誰？」

終於！對的問題出現了！可是對的答案是什麼呢？必須是可以把他們通通弄出去的答案，而不只是歌蒂而已。

她知道這種暈眩感不會持續太久，即使現在就已經有點削弱了，彷彿它已經給過她機會，現在準備移到其他人的身上。

對的答案到底是什麼？

她腦中的那個聲音低語著，最後一刻，出身高貴的女士。

「什麼？」歌蒂叫道。

她感覺到那股漩渦離她越來越遠。她拚命地環顧四周，尋找靈感，眼睛依序看向耗子、花貓、阿沫、邦妮——

拿著弓箭、想要成為第一神射手的邦妮！當初在豬仔號的邦妮，對史曼報上那位逝世已久的公主戰士的名字！

「你有聽見我的話嗎，小伙子？」霍普護法大叫著說，「你是誰？」

當漩渦最後一刻在她的周圍旋轉時，歌蒂挺直身子，「我是梅恩城的芙西亞公主。」她叫道，「這裡所有人都是宮廷的一份子！」

突然間，整個世界改變了……

23 孩子們出事了

拉姆怪突然停止攻擊，唐突得讓西紐嚇一跳，手指停在琴弦上。這是遺忘夢想館的另一個幻象，還是別的東西？

「西紐，」布魯咆哮著，朝他的對手緩緩退後，「不要停！」

「抱歉。」西紐說完，再次彈奏起來。拉姆怪搖晃著巨大的腦袋，第一首歌的旋律終於緩緩爬進牠的腦中，甩都甩不掉。

西紐的手指彷彿著了火，但是比起布魯，他的情況好得多。那隻暴風犬渾身沾滿血跡，肩膀下方和肚子周圍各有一道很深的傷口。

拉姆怪也受了傷。牠那遍體鱗傷的身軀在發抖，同時嘶吼著，似乎想要繼續投身戰鬥，卻無法擺脫第一首歌的糾纏。

西紐深吸一口氣，開始走向那隻野獸。他一邊走，一邊發現自己又想起那些孩子。有什麼改變了，孩子們已經不在剛才的地方了。

他甩甩頭，全神貫注地彈奏音樂。

拉姆怪又嘶吼一聲，用力揮動長牙。西紐向後跳一步，但手指沒有漏彈任何一個音符。

「來吧。」斷斷續續地吟唱著，「來陽光底下曬太陽，來填飽肚子，來大口吃光心肝脾肺臟，來吃任何想吃的東西。」

拉姆怪的小眼睛眨啊眨，傷痕累累的屁股坐到地上，若有所思地抓著身體。接著，牠抖了一下，笨重地站起來，開始一步步往陰險門走去。

西紐跟在後面，布魯則一拐一拐地走在旁邊。他的手指從未停止彈奏，「來吧！來骨頭堆打滾吧！來吸吮骨髓吧！」

拉姆怪餓得發出呻吟。西紐和布魯將牠向前驅趕，穿過淡水魚館，穿過失蹤兒童館和大無畏館，越過刀口館的危險環境，最後終於抵達目的地。

陰險門位於博物館的深處，在一間鋪有石地和石牆的狹長房間裡。這裡沒有任何展示品，也沒有展示箱，只有冷冰冰的石頭和盡頭的陰險門，粗大的鐵欄杆像蜂窩般縱橫交錯。

拉姆怪走到半路停了下來，鼻子在空中聞啊聞。西紐往牠的身後仔細一看，陰險門已經敞開，丹先生和歐嘉．西亞佛嘉站在一旁，腳邊有團營火正在燃燒。

西紐在彈奏的歌曲中加了急迫的音調，「不要停！不要猶豫！心肝脾肺臟！美味的骨髓！」

拉姆怪匆匆往前走，但是正當牠準備踏進陰險門的時候，西紐那隻流著鮮血的手指滑了一下，一個不和諧的音調頓時響起。

拉姆怪猶豫了，腦袋開始左搖右擺。牠轉過身，小眼睛盯著丹先生，舔了舔下垂的嘴唇……

「不！」歐嘉．西亞佛嘉叫著，從營火堆迅速抓起一根燃燒的木棍丟出去，如丟標槍般筆直。拉姆怪痛得尖叫，跌跌撞撞退進了陰險門，不斷摸著自己的鼻子。三個管理員很快撲過去，用力關上大門。丹先生門上門鎖，從口袋拿出一把大鑰匙，插進門鎖鎖上。

西紐發出筋疲力盡的呻吟，靠著牆壁緩緩往下滑，把豎琴放在地板上。布魯也在他身旁砰一聲躺了下來。

「從來沒見過擲東西像妳這麼厲害的人，小姑娘。」丹先生說著，發出顫抖的笑聲。

「啐，這沒什麼。」老婦人雖然面帶微笑，但是臉色蒼白，「下次找點困難的事給我做。」

埋著頭的布魯把頭抬起來，接著發出一記響亮的嘆息聲，「有什麼東西可以吃嗎？我好餓。」

「喔，親愛的。」歐嘉．西亞佛嘉彎腰看著他說，「你當然餓了。還有看看你可憐的肩膀！跟我來，我幫你把傷口縫上，再餵你吃點東西。西紐，你也是，我們得處理一下你的雙手。」

西紐點了點頭，但沒有動作，「妳和布魯先去吧，等我喘口氣再跟上去。」

歐嘉．西亞佛嘉匆忙離開，布魯一拐一拐地跟在旁邊，丹先生舒展他的老骨頭，「做得好，小伙子。」他拍拍西紐的手臂說。

西紐打了個哈欠，「我這輩子從來沒有彈得那麼久又那麼辛苦，希望我再也不必做這種事了，可是——」

「我也是，小伙子。」

「可是當我彈奏到一半的時候，我似乎感覺到了那群孩子。」

「什麼？在哪裡？」

「我不知道，不過我覺得他們遇上了一件事，奇怪的事。」西紐受傷的手指由下往上掠過豎琴，發出一記響亮的音符，「一件非常奇怪的事。」

24 公主戰士

芙西亞，即將繼承王位的梅恩城公主，把折彎的鐵絲悄悄地插進臥房的門鎖。她的保鑣不是第一次在夜裡把她關起來。他們說這是為了防止刺客入侵，以保護她的安全。但芙西亞自有一套溜出去的辦法……

鎖孔裡的小管子一根接一根升起，讓開了一條路，大門應聲打開。她仔細地聆聽氣息聲，什麼也沒聽見。她的保鑣還沒值班回來，很好。

她把劍綁在常穿的束腰外衣上，再披了一件毛料長袍，偷偷溜到安靜無聲的走廊上，關上身後的大門。即使穿著鞋子，石地依舊寒冷，一縷縷的冬霧自牆面透了進來。

她的雙手也很寒冷。事實上，她的全身都凍壞了，彷彿剛剛從結冰的河川裡爬上來，而不是從溫暖的床鋪醒來似的。她發著抖，將長袍拉緊些，整座城堡的上層樓面是一片沉睡。

芙西亞匆匆經過荷姆醫生的內殿，再經過由兩隻石狐所看守的家族禮拜堂，親了親牠們的鼻子尋求好運，自從她長得夠高了就經常這麼做。然後她轉個彎，擅自走進保留給峽角城的侯爵及其孩子的內殿。

她聽見其中一間臥房有動靜，就敲了敲門，伸手摸著零錢口袋裡的紙片。儘管天色仍早，一名女僕幾乎立刻把門打開。她見到公主，屈膝行了禮。

「我來見年輕侯爵。」芙西亞說著，從她身邊走過。

女僕再次行禮，「他已經好多了，公主殿下。剛才他非常冷，不過我們多放了一些木柴在火爐裡，他已經暖和起來，傷口也已經清理乾淨。」

華格納，峽角城的年輕侯爵，正睡在他父王的四柱床上，頭上包著繃帶，棉被蓋到下巴。角落的火爐散發著熱氣。

芙西亞低頭看著她的朋友。女僕說得對，他的確看起來好多了。話雖如此，頭部受傷仍是一件危險的事，芙西亞的叔公魯爾夫就是因為頭傷，最後變成流著口水的傻瓜死去。

床邊的柱子發出嘎吱嘎吱的聲音，華格納翻了個身。「黃金。」他喃喃地說。

「什麼？」芙西亞說著，把掛在身上的劍鞘推到一邊，坐上床，「華格納，你醒了嗎？」

男孩突然睜開眼睛，「芙西亞？妳在這裡做什麼？」

「你剛剛夢到黃金嗎？」

「夢到黃金？我想是吧，一切都好——奇怪。」

「等我們打敗葛雷夫．馮．內格爾，就會有一大堆黃金了。」芙西亞說，「據我們的間諜所言，他的戰爭資金多到不行。如果你願意，我可以問問父王讓你排在我和他之後挑一樣財寶。前提是你明天仍準備跟我們一起前往賀伯城的話。」

「為什麼不呢？」華格納再翻個身，疼得不禁縮了一下。他的手遲鈍地伸出棉被，摸到了繃帶，困惑地眨眨眼，「我的頭怎麼了？」

「你——」芙西亞突然閉上嘴巴。有些濃霧偷偷地潛入她的腦海，有那麼一會兒，她產生一種非常奇怪的感覺，幾乎像是有人在她的體內說話……

（我在這裡做什麼？城堡？我在城堡裡做什麼？）

後來，濃霧消散了一些，於是她繼續說，「你昨天練劍的時候受傷了。」

「誰打到我？」

「我不知道，我們跟威爾姆爵士和我的保鑣打成一團，然後我聽見鏗鏘一聲，你就倒在——（水裡）——訓練場上了。」

為什麼她會想到水？為什麼她的腦中突然有聲音出現？（冷水……冰水……在喉間拍打著……）

她打起精神，八成只是太緊張了。自從學會走路的那一天起，她就一直接受各式戰術訓練，也參加過一些規模較小的戰役，不過這次將是她首次參與真正的戰爭。

「妳仍打算去賀伯城嗎？」華格納說。

芙西亞驚訝地盯著他，「當然要去了，我為什麼要留下來？」

「我不知道，我只是以為——」

芙西亞突然感到一陣憤怒，「你以為什麼？」她跳了起來，「你以為自從上次見到我之後，我就變成了一個膽小鬼？」

「不是，可是我以為——我記得妳說過妳永遠——」他越說越小聲。

「沒有任何事可以阻止我！」芙西亞激動地說，「我是戰士的女兒，戰士的孫女，我註定要親眼見到馮．內格爾被擊敗。等他死了，等烏鴉吃光他的腐肉，我會把他的頭骨帶回梅恩城，給父王當痰盂。」

華格納哼了一聲，「哼！說大話。」

「我言出必行。」

兩人氣呼呼瞪著彼此。芙西亞本來打算讓他看看零錢口袋裡的紙片，現在她改變主意了。

「華格納？」門邊傳來聲音，一個穿著睡袍的深髮小女孩睡眼惺忪地看著他們，「你好多了嗎？」

「哈囉，友芊。」芙西亞說，「妳哥哥恐怕喪失了一點理智。」

「要打倒馮．內格爾，我這點理智就綽綽有餘了。」華格納喃喃地說。

另一個女僕在友芊身後出現，不安地揮舞著雙手，「侯爵妳不應該穿著睡袍接見外人。」

「他不是外人，」友芊說，「他是我哥哥。」她揮開女僕的雙手，在華格納的床上坐下來，「我很高興你醒了，我想問問你關於前往賀伯城的事。你覺得我除了帶上我最好的那把弓之外，是不是應該把次好的那把也一起帶上？我不希望——」

華格納呻吟一聲，倒回枕頭上，「我要跟妳說多少遍，友芊？妳不能去，妳還太小。」

「華格納覺得任何人都不應該去。」芙西亞忿忿不平地說，「他想要靠自己打敗馮．內格爾，成為英雄光榮歸國。」

「這不是我的意思。」華格納抱怨地說，「我只是認為——」他閉上雙眼，「我頭好痛。」

第一個女僕匆匆趕到床邊，「侯爵你應該多睡一會兒。」她說著，將棉被攤平。

芙西亞做了個鬼臉，然後走出臥房。友芊跟在後面說，「妳現在要幹嘛？妳要去哪裡？我可以跟妳一起去嗎？」

「妳得先去把衣服穿好。」

「在這裡等著。」友芊說，「別不等我就走了。」說完她就消失在她的臥房裡。

芙西亞靠在牆邊，用鞋後跟踢著厚重的掛毯。華格納竟敢對她說那種話？有什麼可以阻止她前往賀伯城？那是她的宿命……

這句話在她的腦海迴盪，彷彿以前在另一個時空也曾經遭遇過同樣的處境，知道自己註定做某件重要的事，只是那一次——有可能嗎？——她選擇了逃避。

她很高興看見友芊走出來。她穿著束腰外衣和長筒襪，皮帶配著一把匕首。芙西亞從口袋裡拿出紙片攤開，「看看這個，早先有人把這個塞到我的門下。」

友芊皺著眉頭，「看起來像老鼠的爪印，這是什麼東西？」

「我覺得這是一張地牢的平面圖。看，這是走廊，這些是牢房，一起去一探究竟怎麼樣？」

兩個女孩急急忙忙走下樓梯，來到芙西亞的曾祖父菲爾杜克三世的紀念堂。她們從那裡溜進了一扇通往廚房和香料房的暗門。城堡的下層樓面已經忙了好些時候，培根和醃鯖魚的香味朝她們撲鼻而來。

兩人穿過香料房來到地窖時，芙西亞抽出劍鞘裡的劍。隨即，在內心深處，她感覺體內升起一股狼的嚎叫——這是每當梅恩城的國王皇后或公主抽出武器時驟然產生的戰鬥狂熱。她將這個感覺壓下來，不認為這裡有什麼實際危險，拔劍只是為求謹慎。

「科德和史馬茨知道妳在這裡嗎？」有芊低聲說，「妳有把紙片拿給他們看嗎？」

「當然沒有，他們會說那只是為了把我誘出臥房的詭計，他們會想要跟著我一起來。」

「這個嘛，我想這就是保鑣的工作吧。」

芙西亞在黑暗中做了個鬼臉，「我可以自己照顧自己。」

「況且，妳已經有我了。」友芊低聲說。

在地窖遠方的牆上，通往地牢的鐵門半開著。芙西亞看見門縫透出一絲微弱光線，「誰在那裡？」她輕聲叫道，「快現身。」

沒人出現，但她聽見有人在竊竊私語，「不准去，如果她不是一個人怎麼辦？如果她帶他們一起來怎麼辦？」

「我們非去不可，我們必須告訴她。」另一個聲音說。

「他根本沒在聽。」第三個聲音說，「威爾姆，親愛的，為什麼你不願意聽我們的？」

芙西亞對友芊咧嘴一笑，兩個女孩跨過鐵門走進一群嬌小的豐滿女人之中。她們一見到公主，立刻屈膝行禮，裙襬貼著地面發出沙沙聲，純白的亞麻帽舉起又放下，像曠野上的雛菊。

這群女人的後面站著一個十二歲左右的瘦小男孩，他穿著梅恩城爵士的長版束腰外衣，手裡握著小蠟燭，有一頭金髮和一雙藍眼睛，現在正深深一鞠躬。

「威爾姆爵士，」芙西亞說，「這張地圖是你送來的嗎？」

她沒有期望他回答。他發了啞誓。從小將他養大、愛他至深的這些女僕總是替他發言。

「公主殿下，」其中一個女僕說，「我們不知道妳會不會來。」

「我們以為妳可能會帶著討人厭的科德過來，」另一個女僕說，「或是那個大塊頭史馬茨。」

友芊放聲大笑。芙西亞說，「就妳們所見，這裡就只有我和年輕的女侯爵。告訴我發生了什麼事。」

威爾姆爵士揮揮手，走向通往地牢的龜裂走廊。

「他想帶妳們去看。」其中一個女僕說，「這樣好嗎，親愛的威爾姆？小心點。」

年輕爵士對著芙西亞翻了翻白眼，「到底發生了什麼事？」她說著，跟隨他走在石頭鋪成的走廊上。

「我們沒有跟妳說嗎，公主殿下？」一個女僕急急忙忙趕上來說，「是公爵夫人，她被關起來了。」

「什麼？」芙西亞說，「但她是來自賀伯城的流亡大使，國王絕對不可能把她關起來這樣羞辱她！」

「不是國王做的。」另一個女僕神秘地低語，「他是個好人，雖然嚴厲，但是個好人。上禮拜他要求我們替他算命，還付了酬勞，但他根本不必如此。我們認為他對公爵夫人的事並不知情。」

「那麼是誰把她關起來的？」友芊說。

「有兩個男人趁夜過來把她帶走。我們害怕他們也會把我們帶走，所以躲在放日用織品的櫃子裡，沒有看見他們的樣子。我們聽見公爵夫人又踢又抓的，那兩個男人對她咒罵。她差點把其中一個男人的眼睛挖出來。」

女僕一同吃吃笑了起來。

芙西亞已經好多年沒有來到地窖，老早忘了這裡有多陰森、多安靜。衛兵室的天花板很低，威爾姆爵士的頭頂不斷摩擦著。大部分的牢門開敞，但有一個是關著的，而且閂了起來，上面扣著一個巨大鎖頭。

「把蠟燭給我。」芙西亞說。威爾姆爵士把小蠟燭遞給她，她舉到鐵窗的位置。起初，她什麼也看不見，接著，在牢房的盡頭，有東西動了一下。

「是她嗎？」友芊低聲說。

「公爵夫人。」芙西亞大聲叫著，「奧拉公爵夫人。」

突然飄來一陣腐味，接著地板升起了一堆黑色破布，緩緩走向窗口。如鳥嘴的鼻子上方有兩顆黃色眼睛直盯著芙西亞看。公爵夫人的黑色蕾絲手套緊緊握著鐵欄杆，手腕上的鐵鏈鏗鏘作響。

芙西亞聽見這個聲音，腸胃不禁一陣翻攪。（鐵鏈，我討厭鐵鏈……）

「你們是來嘲——笑奧拉的嗎？」老婦人聲音沙啞地說，「把我當籠中之獸一樣逗弄我嗎？」

「不是的。」芙西亞連忙說，「我們是來救妳出去的。」

到處不見能夠打開牢門的鑰匙。芙西亞把小蠟燭遞給友芊，然後拿出小刀和鐵絲準備開鎖。

友芊越過她的肩膀入迷地凝視著，「妳從哪裡學會開鎖的？」

這個問題像擊中盔甲的劍在芙西亞的腦中發出噹的一聲，她的手指遲疑了一下，「我——我不知道。我想有人教過我……」

她看著彎曲的鐵絲，想要找到答案。她記得是誰教她拿劍戰鬥，教她射箭，教她領軍投身戰場，即使她比那些軍人來得年輕，身材也嬌小得多。那麼為什麼她不記得是誰教她開鎖的呢？

「妳打算整——晚站在那裡嗎，公主？」公爵夫人嘶啞地說。

「抱歉。」芙西亞說完，再次彎腰對付那顆鎖頭。

不到幾分鐘，門開了，公爵夫人拖著鐵鏈走進衛兵室。友芊向後退了一步。小蠟燭發出來的燭光在潮濕的牆壁上不停搖曳著。

「幫我——解開。」公爵夫人說著，伸出骨瘦如柴的雙手。（就像爪子，鳥的爪子。）

手銬比鎖頭難解得多，芙西亞的手指也因為汗水而濕滑。她叫來威爾姆爵士的其中一個女僕說，「妳得幫我拿穩這把小刀。」

女僕睜大雙眼，倒退幾步，「抱歉，公主殿下，我做不到。」

「不用擔心，小——傢伙。」公爵夫人嘶啞地說，「我比較喜歡吃死掉的獵物。」

「可是獵物是怎麼死的？」女僕低聲說，「這才是問題所在，公爵夫人。」

「聽著，」芙西亞沒耐心地說，「她不會吃掉妳的，是吧？」

又一次，這番話在她的腦中發出噹的一聲，彷彿它們並沒有想像中的荒謬。公爵夫人咯咯笑了起來，戴著白帽的女僕害怕地對彼此竊竊私語。當威爾姆爵士站出來的時候，她們盡力想要阻止他，但他將她們輕輕推開。

他一點也不害怕，用一貫快活的樣子對公爵夫人微笑，然後從芙西亞的手中接過小刀牢牢握著，讓她繼續解鎖。

手銬鏗鏘一聲掉落地面。公爵夫人用力伸展她的纖瘦手臂，然後上下拍打讓血液流通。

「啊——，好多了。」她說，「好了，公主，帶——我去見妳的父——王。」

「我們最好先回到我的內殿。」芙西亞說，「讓妳梳洗一番，接著我們再去找國王。」

公爵夫人動身走上走廊，黑色衣袖在空中飛揚。芙西亞、友芊、威爾姆爵士和他的女僕急忙跟在後面。

「妳覺得賀伯城每個人說話都像那樣嗎？」大夥兒走出紀念堂時，友芊低聲說，「帶——我去見妳的父——王。」

「噓。」芙西亞說。

一行人在主樓梯爬到一半時，有樣東西從公爵夫人的手中掉下來，於是公主彎腰撿起。她一見到那樣東西，差點又將它掉在地上。（一根黑色羽毛……）

不，不，不是，只是公爵夫人的一只蕾絲手套，然而，芙西亞可以發誓……有那麼一會兒，她有種奇怪的感覺，好像體內住了兩個人，而不是一個人。「公爵夫人。」她嚥了口口水說，「這個給妳，妳的手套掉了。」

他們匆匆經過兩隻石狐，最後終於在芙西亞的門前停下腳步。她的保鑣還沒從崗位回來，門的下方閃現一片先前沒有的白色。

威爾姆爵士的一個女僕突然蹲下來，「看啊，公主殿下，有人在妳的門下放了一張紙。」

那不是一張紙，芙西亞一眼就看出來了，那是一種用來擦拭水晶的玻璃纖維織布，共有好幾張，塞在門底下填滿門縫，這麼一來光線便無法穿透。

在她的內心深處，一個似曾相識的對話浮出表面。（光——或空氣，有毒的空氣……）

公爵夫人用纖細的手指戳著鑰匙孔，「這裡也——塞住了。」

（毒氣……天啊！刺客！）

刺客？芙西亞突然一陣不寒而慄。「陛下！」她大聲叫道。

不等其他人跟上來，她拔腿就跑。她聽見威爾姆爵士的劍在身後傳來的摩擦聲。她轉個彎，朝父王的內殿跑去——然後差點跌在兩名皇家衛兵的身上。他們直挺挺躺在地上，鼾聲大作，睡得很熟。

她脫下毛料長袍，跳過衛兵。謁見廳的大門開敞，她跑了過去，經過莊嚴的王座，來到位於盡頭、通往皇室畫廊的兩扇大門。門邊又有兩個衛兵倒在地上，頭盔扭曲變形，雙眼緊閉。

「有刺客！」芙西亞放聲大叫，「小心刺客！來人啊！」

有人大叫一聲作為回應，接著芙西亞的保鑣科德和史馬茨從附近跑出來。但令芙西亞害怕的是，到處不見其他衛兵的蹤影。

「公爵夫人！」她大叫著說，「叫醒城堡裡的所有人！其他人，跟我來！」

他們跑過長長的畫廊，芙西亞那些好戰的祖先肖像在兩旁盯著他們看。急著保護公主的科德擠在她的身旁，不僅讓她速度變慢，還差點絆倒她。

「讓開，你這個笨蛋！」她高聲尖叫。

他們跑進大客廳，再從另一端跑出去，穿過了皇家圖書館和小客廳。在每扇門口，本該守護國王的衛兵不是躺在地上睡著了，就是昏迷不醒。

他們抵達皇家臥室，芙西亞立刻撲向大門。門是鎖著的，「威爾姆爵士！」

年輕爵士向後跑，然後用力往大門一撞，鎖頭發出格格聲，卻沒有落下。他又試了一遍。

（他辦不到，他只是個小男孩……）

芙西亞搖搖頭，這種念頭是打哪兒來的？威爾姆爵士當然不是個小男孩！他當然辦得到——

這時傳來碎裂聲，接著大門砰地打開。公主迅速從劍鞘抽出劍，不寒而慄的感覺變成一股炙熱，自腳底湧上頭頂，狼魂在她的喉間大聲咆哮！紅霧突然降臨在她身上，隔絕所有進一步的想法。

隨著一聲吶喊，她衝進了國王的臥室。

25 一天一夜

皇家臥房瀰漫著一團難聞的黃色煙霧。芙西亞跌跌撞撞地穿過那團煙霧，尋找刺客的行蹤。狼魂在她體內如火爐般熊熊燃燒。紅霧渴望著鮮血。她不知道自己身在何方。

她腦中那清晰的微小聲音就像一座理智的孤島。（國王！快啊！）

芙西亞的手輕輕碰到某樣東西。她盡力將紅霧從腦中甩開，看見懸掛在國王床鋪四周的絲綢。她把絲綢掀開，父王就在眼前，手腳攤開躺在棉被底下。他的雙眼緊閉，膚色蒼白。

（帶他離開這裡！）

國王是個高大的男子，花了科德、史馬茨、威爾姆爵士三個人的力氣才把他從下了毒的臥房抱到空氣清新的皇家圖書館。他們把國王放在一張躺椅上，替他蓋上毛毯。芙西亞在他旁邊跪下，狼魂退去的同時她全身都在顫抖。

如今，城堡裡的所有人都醒了過來。警鈴緩慢有規律地響著，僕人到處跑來跑去。非值班時間的皇家衛兵跌跌撞撞地走進圖書館，馬靴半扣半落，臉色因為驚嚇而發白。追捕刺客的任務已經如火如荼地展開。

荷姆醫生穿著睡袍趕過來。「再加些毛毯。」她大聲喝道，一邊捲起袖子，露出胖嘟嘟的手臂，「點燃一些火炬，讓我可以看個清楚，還有，生起那些爐火，我們必須把毒氣從他的汗裡逼出來。」

「他會活下來嗎？」芙西亞說。

醫生拿起一瓶藥水湊到國王的嘴邊，「誰知道呢？」她喃喃地說，「一切只能交給神明了。」

（彈動妳的手指，快點。）

芙西亞不知道她腦中那奇怪的聲音是從哪裡來的，也不知道它為什麼要這樣跟她說話，但是它曾經救過父王，所以她願意去相信。她彈動手指，威爾姆爵士好奇地看著她。

荷姆醫生好不容易讓國王喝下少量的藥水。國王氣急敗壞地想要說話，於是開始咳嗽。他倏地睜開雙眼，「這是──咳、咳──」他搖搖頭，稍微恢復了點氣色。

醫生央求他多喝一點，但國王將瓶子推開。他的聲音彷彿舊羊皮紙般沙啞，「這是什麼──妳餵我喝了什麼──荷姆？妳想要──謀殺我嗎？」

荷姆醫生那張胖嘟嘟的臉高深莫測，「我只是想要幫你治病，國王陛下。」她說。

「就當我──咳、咳──已經治好了吧。」國王試著用手肘把自己撐起來，可是太過虛弱，「是馮．內格爾的──刺客嗎？當然是了，那些狡猾的走狗──他們這次差點就要得逞了。」他犀利的目光轉向公主，「芙西亞──咳、救了我？很好，很好，妳是父王的好女兒。」

他轉回醫生面前，「他們用的是什麼？那股味道──」

門邊傳來女人的聲音，「是臭玫瑰。他們先給衛兵下藥，再偷偷將火盆塞進你的臥房。」

說話的人高挑、優雅，而且非常纖瘦。她有一雙黑眼睛，灰色天鵝絨的長袍以鼠皮裝飾，頭尾擺開掛在頸部和腰間。

芙西亞完全不曉得她是誰。

「普通的臭玫瑰，」女人說，「誰想得到它們可以造成如此大的傷害？」她慢慢走到躺椅旁邊，在國王蒼白的臉頰上親了一下，「我很高興你仍然與我們在一起，菲爾杜克。」

荷姆醫生清清喉嚨，「稟告凱特琳夫人，臭玫瑰在乾燥時燃燒會釋放出有毒的蒸氣。」

凱特琳阿姨，當然了，芙西亞甩了甩頭，她怎麼會忘記？今天早上她到底是怎麼了？

國王想要說點什麼，卻突然咳個不停，聽起來彷彿就要把肺給咳破似的。等他再次安靜下來，荷姆醫生彎腰靠近躺椅，喃喃地說道，「我建議再喝點藥水，國王陛下，還有讓公主也喝一點，以免她吸進了毒氣。」

凱特林阿姨聞了聞瓶子，鼻子一皺，說道，「我不敢想像這東西對我哥哥有任何好處，把它拿開，荷姆。」

現在，爐火已經放滿木柴，整間臥房變得越來越熱。芙西亞可以感覺到汗水從背後流下來，與此同時，她的雙手又開始變得冰冷。她看看荷姆醫生，再看看科德和史馬茨，兩人於她的兩側立正站好。她知道自己肯定記得某件事，某件很重要的事，但到底是什麼呢？

（一天一夜，消失前做好準備……）

什麼？芙西亞一陣驚愕，什麼東西消失前？

「卡爾大公在哪裡？」國王咆哮著說，「帶他過來見我，把他們通通帶來見我。明早軍隊航向賀伯城之前——咳、咳——還有很多事情要做。」

「可是國王陛下，」荷姆醫生說，「你現在勢必去不了賀伯城了吧？」

「毫無疑問，這就是——這次偷襲的目的。」國王聲音粗啞地說，「但我們沒那麼——容易被打敗。卡爾會代替我領軍。」

「而且我也會在那裡幫助他們。」芙西亞連忙說。

國王咕噥一聲，「沒我可不行，這次不行。」

芙西亞的心臟像戰鼓一樣在胸口跳個不停。跟馮．內格爾決鬥是她的宿命，她非去不可！

「父王。」她盡量保持冷靜地說，「軍隊會希望我在那裡。」

「那麼他們得失望了。」國王厲聲說，「不過儘管如此，他們仍會戰鬥。」

儘管她再三懇求，他仍然不肯改變主意。

❖

芙西亞第一次習得戰爭法規是她六歲的時候。在那之後，她漸漸明白，當中有一樣法規比其他法規加起來還重要。

知己知彼，百戰不殆。

國王對算命很著迷，無時無刻都喜歡請教算命的意見，特別是在戰爭前夕。因此，當大公和侯爵紛紛在躺椅周圍集合，憤慨地相互低語的時候，芙西亞深吸一口氣，往前踏了一步。

「父王，或許我們可以事先替這場戰役算個命？」

國王撐著身子坐起來，「好——咳、咳——主意，誰來算？威爾姆？」

「是的，父王。」芙西亞舉起手，於是威爾姆爵士邁步向前，女僕急忙跟在旁邊。

「你們等著看——這很有意思。」國王對圍繞在旁的王公貴族說，「在上個星期之前，我從沒見過這種算命方式，比鵝腸還有用。」他虛弱地對威爾姆爵士招招手，「開始吧。」

威爾姆爵士的女僕從各個櫃子裡抽出幾本書，翻開來放在長桌上。接下來，其中一名女僕牽起芙西亞的手，「請閉上眼睛，公主殿下，把妳的手指依序放在每本書上，任何地方都可以，但是不要偷看。」

芙西亞閉上眼睛伸出手。又一次地，她產生了一種感覺，覺得自己好像正在跟別人分享身體，而另一個不是芙西亞的人，就跟自己一樣，未來取決於算命的結果。

「謝謝妳，公主殿下。」芙西亞將十二本書碰過一遍後，女僕說，「妳可以睜開眼睛了。」

「就這樣？」納姆城的侯爵大聲說。

「還沒，有趣的就要來了。」國王說。

威爾姆爵士把六本書還給女僕，剩下來的六本則以芙西亞看不懂的方式移來移去。

「可是這樣就不叫算命了。」納姆城的侯爵抗議道，「他可以照自己的意思去移動。」

國王放聲大笑，「有趣的地方就在這裡，這個年輕人不識字，他跟我們一樣不知道命運將是如何。好了，他完成了。芙西亞，告訴我們上面說些什麼。」

芙西亞小心翼翼地靠近那些書。威爾姆爵士把手指放在她剛才所選的第一個字上，「火。」她說。

第二個是消滅那戶人家。第三張紙上陳列著皇家軍隊的所有武器，但威爾姆爵士指著一把鍍銀長弓。第四個是一張顏色鮮明的圖畫，上面畫著一隻嚎叫的狼寶寶。第五個又是一張圖畫，這次是一艘船，駛向不著邊際的海平面。第六個則寫著不要猶豫。

「我看不出任何意義。」納姆城的侯爵說。

「這像是密碼。」芙西亞說，「你必須自行解開。」

國王滿臉倦容，只剩下那鋼鐵般的意志始終讓他屹立不搖。他點點頭，高興地說，「繼續。」

「首先，是火。」芙西亞說，「這個字可以代表任何意思，不過這個字緊接在後的是『消滅那戶人家』。我想那戶人家大概指的是梅恩城，所以火代表的是馮．內格爾，準備出動消滅我們。」

大公個個低聲表示贊同，鬍鬚飄啊飄，傾身向前，開始有了興趣。

「長弓的意思很明顯，」芙西亞說，「我們的弓箭手是最強大的軍力之一，而我們所有的旗幟都飄揚著狼的標誌。」她停頓了一下，在算命結果的最後一段尋找可以對在場聽眾宣布自己必須出戰的跡象，但她什麼也沒看見。

她的心不禁一沉，「這艘船代表——我們的軍隊準備啟程前往賀伯城。最後一句則提醒我們千萬不能猶豫，我們必須盡快出發，全力反擊。」

現場陷入一陣沉默，接著國王開口說，「很好——讓我們對計畫更加堅定。不過我得承認——我本來期望更多。沒關係，還有很多其他事情要——咳、咳、咳——」

荷姆醫生從頭到尾都在後頭走來走去，臉上帶著極度不滿的表情。現在的她跳向前說，「求求你，國王陛下，你的身體承受不了那麼多，你必須休息。還有，再喝幾口藥水吧，我求求你了。」

「等我準備好，」國王咆哮著說，「我就會休息。」

他舉起手，在周圍聚集的王公貴族紛紛跪下，準備為戰役宣誓。在一片隆隆聲中，他們發誓將戰到鮮血流乾，發誓全面消滅馮．內格爾和他的手下，否則將割掉自己的耳朵。最後，他們邁著沉重的腳步離開圖書館，皮靴嘎吱作響，劍也發出鏗鏘鏗鏘的聲音。只剩卡爾大公留了下來。

芙西亞低頭看著地板，整個人失望不已。她本來很肯定命運會說服國王讓她前往賀伯城，但整件事不過是浪費時間罷了。

在她腦中，那奇怪的聲音悄悄地說。（我認為還有更多含義，再想想……）

公主的頸背一陣不寒而慄。她彎下腰看著長桌。在皇家圖書館的一角，威爾姆爵士的女僕把白帽放在一起，彼此竊竊私語。

「父王。」芙西亞說。

國王現在已經躺了下來，正在跟大公商討軍事策略。他顯然不高興談話遭到打斷，「怎麼了？」

「這裡還有另一個寓意。」芙西亞說完，趁國王來不及叫她退下之前，連忙往下說，「前兩段是一樣的，火威脅著一戶人家，馮．內格爾準備出動消滅梅恩城。但那把長弓——看，這不是普通的長弓，而是鍍了銀的長弓。」

「啐，」國王說，「這根本不代表什麼。」

「你也許說得沒錯。」芙西亞說，「可是等你看到下一段，就變得更清楚了。狼寶寶。」國王大惑不解地看著她。「你看不出來嗎？」芙西亞說著，聲音因為興奮而顫抖，「誰是梅恩城的狼？」

「當然是國王了。」卡爾大公說。

「那麼，如果國王是狼，誰是狼寶寶？」

整個房間彷彿空蕩的地窖般寂靜無聲。國王瞇起雙眼望著芙西亞，她也回望著他。「是我。」她說，「而我們征服法龍半島的那些領土時，我拿的就是鍍銀的長弓。」

國王的臉微微漲紅，「小女孩，妳打算把算命的話扭曲成對自己有利的結果嗎？」他咆哮著說。

「不，」芙西亞說著，站直了身子，「我是想要找出其中的真正意義。」

「妳憑什麼認為妳找到了？」

「因為它有它的道理。你說得對，我們的確期望更多，而這就是答案。看看最後兩段，那艘船——再三思考後，我認為那不是一艘船，我認為那是我，離開所知的一切航向遠方。你看，海平面上到處不見陸地……」

「嗯哼。」國王說。

「然後它說，『不要猶豫。』或許這是那匹狼打敗馮．內格爾的最後機會，而你必須投入所有資源對付他。」她深吸一口氣，「包括狼寶寶。」

她停止說話。現場除了鐵爐裡木柴燃燒的劈啪聲以外，沒有一絲聲響。

卡爾大公清了清喉嚨，「帶上她不是一件糟糕的事。」他對國王說，「雖然她的力氣連你的四分之一都不到，但說到膽識和謀略，她確實是狼的女兒。」

「嗯哼。」國王又說了一次，接著開始咳個不停。

「國王陛下——」荷姆醫生說。

「等等。」國王厲聲說。撐到現在的他，雙眼無神，鬍子宛如乾稻草，但是他硬是讓自己坐起來，目光犀利地看向芙西亞。

「我期望妳帶著裝有馮．內格爾頭顱的麻布袋回來。」他低沉地說。

芙西亞簡直欣喜若狂，「我會的，父王，還有其他領主的耳朵。」

國王虛弱地發出笑聲，「哈，這樣我的力氣可就恢復了。」

在公主的腦海深處，奇怪的聲音低語道。（消失前做好準備……）

芙西亞握住劍柄，她準備好了，她不知道前方有什麼東西在等著她，但是她已經準備好了。

「那麼，狼寶寶，」國王說，「天一亮，隨即登上獵鷹號，搭上潮汐出發。妳聽見了嗎？怎麼樣？大聲回答我。」

芙西亞站穩身子，「遵命，父王。」

接著，她一個轉身，大步走出臥房。在她的腦中，聲音振振有詞地低語著。

（做好準備……做好準備……做好準備……）

❖

龐斯靠在牆邊，看著璀璨城來的女孩舉手投足像個笨蛋。穿過不存在的門，跟不存在的人說話，自始至終帶著那張高傲自大的表情，彷彿自己是什麼重要的人物。

他對她吐舌頭，不過他知道她看不見他。事實是，他很羨慕，「不公平，」他喃喃自語，「幾個外來的小鬼頭竟然可以馬上碰到一個天大謊言，我可是已經試了好幾年了。」

事實是，看見耗子搭上其他人的謊言讓他心痛。在大多數的日子裡，一直是龐斯在照顧他，確保其他人好好對待他，確保不會有壞事發生在他身上。

現在已經接近破曉，不過雨早停了，大街上仍然擠滿尋歡作樂的人們。龐斯對他們感到厭煩，對整個節日感到厭煩，自從發現耗子失蹤之後，他還沒有說過半句謊言。

「真是笨蛋。」一群老人手舞足蹈經過他的身邊時，他喃喃地說，「白痴，愚蠢的老傻瓜。」

他轉過身，赤腳踢著牆壁，這麼做痛得要命，很好，因為這樣可以轉移他心中的疼痛。

其實他才是笨蛋。他早該知道一旦耗子得知發生了什麼事，一定會去救那些外來的小鬼頭。那個小男孩總是心腸太軟，而現在他真的涉入了哈羅的勾當。

光是想到這件事就令龐斯忍不住發抖。「妳休想碰他，芙蘭絲。」他低聲說，「妳休想碰耗子一根寒毛。」

他聽見腳步聲，於是轉過身。克德和史曼正朝他走來。龐斯先是屏住呼吸，後來才想起他們看不見他。

兩個男人抬頭挺胸從旁邊經過，雙手擺出怪異的姿勢，彷彿握著武器。他們似乎準備前往港口。璀璨城來的女孩走在他們身後，正在對一群不存在的群眾揮手。

接著走過來的是芙蘭絲，她跟得很緊，像是不希望讓女孩離開她的視線。而小跑步跟在芙蘭絲後面的，是耗子，寵物鼠沿著他的肩膀排成一排。

龐斯有股衝動想要當下抓住他，然後把他拖回家去。他也大可這麼做，但是大家都說在天大謊言結束前，把人給拉出去是很危險的事情。他已經害耗子陷入險境，不能再雪上加霜。

骨瘦如柴的老貓趾高氣揚地走在耗子後面，另外兩個外來的小鬼頭跟在花貓身後。最後，在一大群人後面、大搖大擺走著的，是那隻巨大的黑鳥。

龐斯初次見到那隻討人厭的鳥，差點沒嚇死。牠比十幾隻鴿子聚在一起還要巨大，比骯髒的下水道還要漆黑。如果打得過那雙利爪和鳥嘴，那隻鳥可以吃上整整一個星期，但龐斯可沒有笨到打算試上一試。

等他們通通經過他的身邊後，龐斯抬頭望著天空。天色漸漸明亮起來，這也代表天大謊言很快就要結束了。等到結束後，芙蘭絲、克德和史曼將會傷害那些外來的小鬼頭，叫他們屍骨無存。

「但他們不會傷害耗子的。」龐斯低聲說，「我不會讓他們得逞。」

於是，他一個轉身，奔向他的朋友。

❖

（做好準備……做好準備……做好準備……）

自從芙西亞醒來後，腦中的小聲音就輕聲細語地說個不停。不過當馬車緩緩靠近碼頭邊，東邊的天空漸漸露出曙光的時候，聲音變成了喊叫。

（做好準備！做好準備！）

碼頭邊熙熙攘攘，在陰沉的天色底下，最後一批士兵正陸陸續續上船。舵手正在清點糧食和武器，水手們舔舔手指，舉高測試風向。

芙西亞望著擦身而過的人事物，看不出有什麼異狀，但是危險就在前方，她可以感覺到，而且現在越來越靠近，越來越靠近了。

（做好準備！）

皇室成員在國王的艦艇——獵鷹號旁邊停下腳步。船長正在甲板上等著迎接公主。潮汐已經轉向，他急著想要出發。

芙西亞的神經繃得很緊，就像綁在碼頭上支撐船隻的繩索一樣。在她後方的馬車裡，堅持過來目送她離開的荷姆醫生正皺著眉頭，看起來頭痛欲裂。

（做好準備！）

港口突然吹起一陣強風，奧拉公爵夫人將大衣拉緊些，一根黑色羽毛落到地上。

「別傻了。」芙西亞告訴自己，「那只是她的手套。」

可是她越仔細看，就看見越多羽毛，現在頻頻從公爵夫人的頭髮上掉下來。每掉一根，芙西亞就是一次驚嚇，彷彿她所熟知的世界準備四分五裂。

其他人似乎都沒有注意到。荷姆醫生正在揉額頭，凱特琳阿姨正在舔手背。

舔手背？

芙西亞搖搖頭，危險現在非常接近了，她可以嗅得出來，但是她仍然不知道危險從哪裡來。

有關這種時刻，卡爾大公曾經告誡過她——「在任何戰役中，總有一些時刻，」他曾經說，「妳無法理解到底發生了什麼事。妳所能做的只有相信自己的直覺。如果直覺要妳跑，妳就跑，要妳進攻，妳就進攻。千萬不要猶豫。」

現在不是在戰場上，芙西亞腦中的聲音卻在大叫著。（快跑！）跑去哪裡？

（船上。）

芙西亞對科德招招手，「我們立刻上船，告訴其他人。」趁她的保鑣離開之際，芙西亞從馬車上拿出弓和箭。「友芊，」她說，「妳跟我們一起來。華格納，帶她上船。」

華格納盯著她，一臉震驚，「不，她不能去。」

「別跟我爭，」芙西亞說，「我是公主，我下令她得去！」

友芊對哥哥吐舌頭，「我就說吧，你看？」

「來，把這些放進我的船艙。」芙西亞說著，把弓和箭交給了一個小女孩，「動作快。」

空氣變得越來越稀薄，芙西亞的眼後有種奇怪的疼痛感，彷彿她的思緒企圖扭曲成不同的形狀。

（做好準備……做好準備……）

威爾姆爵士站在他的馬車旁邊，身邊圍繞著女僕。當芙西亞向她們跑過來的時候，她們同時湧上來將她包圍，高聲高調地叫了出來。

「公主殿下，我們想要跟他一起去！」

「他還是個嬰兒的時候，我們就照顧他到現在了！」

「如果我們不在，誰會照顧他？」

芙西亞現在全然憑著直覺行動，說話前甚至不知道自己會說什麼，「威爾姆爵士，你的女僕有什麼東西可以割斷獵鷹號和碼頭之間綁著的繩索嗎？」

威爾姆爵士仔細看著她。圍繞在他附近的十幾個聲音安靜下來，十幾雙眼睛突然饒富趣味地注視她，十幾把小刀從皮包和衣袖裡抽出來。

「她們必須動作快得不著痕跡，而且千萬不能被別人看見。」芙西亞說。她不確定「別人」指的是誰，不過威爾姆爵士點了點頭。

「這表示我們可以跟他一起走囉？」其中一個女僕低聲說。

「是的。」芙西亞說。

她們想要好好說聲謝謝，芙西亞卻打斷她們，把她們推上船。

「凱特琳阿姨！」她大聲叫道，「奧拉公爵夫人！請上船！」

「可是我沒打算跟妳一起去。」凱特琳阿姨說。

「現在妳得跟我一起去了。」芙西亞嚴厲地說。她抓住阿姨的手臂，拉著她來到上船的踏板前。

馬車的後頭，荷姆醫生跟科德和史馬茨陷入深談，芙西亞張開嘴巴準備呼喚他們……

（不！）

公主突然打了個冷顫，有那麼一會兒，她動彈不得。危險是從那裡來的嗎？那個城堡御醫？

她的私人保鑣？

突然間，一切都說得通了。難怪那些刺客有辦法離國王這麼近！

她緊緊握住劍柄，狼魂在體內強烈升起。她往前一步走向荷姆醫生，頭隱隱作痛，東邊的海平面明亮耀眼，她幾乎無法直視。

（快跑！）

她打起精神，一個轉身，跳上了踏板。船長仍然站在那裡，但他卻有種缺少感情、不真實的感覺。她將他一把推開往前走，他卻幾乎沒有注意到。

「華格納、友芊。」芙西亞放聲叫道，「有事要發生了，做好準備。」

威爾姆爵士的女僕正忙著割斷連接獵鷹號和碼頭間的兩根繩索。凱特琳阿姨坐在空蕩蕩的甲板上，一邊舔手，一邊撫過她的秀髮。奧拉公爵夫人爬上圍繞在主桅四周的帆纜，黑色斗篷在她身邊飄揚，她那雙纖瘦的手像爪子一樣牢牢握著繩索。

芙西亞覺得頭昏腦脹。周圍空氣猛烈地嘶嘶作響，整個碼頭晃動起來。船尾的繩索斷裂，船頭搖搖擺擺離開碼頭，芙西亞聽見威爾姆爵士的女僕們發出吱吱叫的聲音。踏板撲通一聲，掉進了港口。

彷彿一場夢似的，芙西亞看見科德突然抬起頭，對史馬茨和荷姆醫生放聲大叫，接著三人開始奔向獵鷹號。

就在這個時候，清晨的第一道曙光照到船桅的頂端，整個世界突然像顆泡泡一樣破了開來。

26 狩獵者

她不知道她是誰，她只知道她躺在一艘船的甲板上，因為驚嚇而頻頻喘氣。周圍是一片混亂。有個頭上包著繃帶的男孩靠在欄杆上嘔吐，有個女孩正在默默哭泣。船尾有另一個嬌小得多的男孩正在盯著自己的雙手，彷彿不知道這雙手是屬於誰的。

她聽見頭頂傳來刺耳的嘎嘎聲。一隻巨大的黑鳥倒掛在帆纜上，碩大無比的翅膀正在無助地拍動。底下有一隻灰色花貓不斷嚎叫著。

她是誰？

芙西亞？

不對……

那麼，是誰？

她試圖站起來，但整個世界都在旋轉。

歌蒂。

她是……歌蒂什麼的……

歌蒂——歌蒂．羅絲！

她使盡力氣硬是讓自己站起來，接著看了看這小小的甲板。她在豬仔號上！她是怎麼上來的？

這時她想起來了。謊言日……龐斯的背叛……霍普護法……天大謊言！

她搖搖晃晃來到欄杆旁邊，有點期望可以看見梅恩城的古港口仍然攤在她的眼前，但梅恩城已經消失，那些老式馬車和皇家衛兵也蕩然無存，取而代之的是史波克城的熱鬧碼頭。

霍普護法就在那裡，坐在地上，看起來病懨懨的樣子。但是克德——克德則拿著手槍，搖搖晃晃地朝豬仔號走過來，史曼緊跟在後。

在歌蒂的腦中，有個聲音大聲叫道，船尾的繩索！

歌蒂驚訝得險些摔倒，那是芙西亞的聲音！這位公主的聲音在她的腦中做什麼？

還在胡思亂想的同時，她連忙跑下甲板，奔向豬仔號的船尾。有樣東西重重在她的腿上敲了一記，於是她低頭一看，是芙西亞的劍！

歌蒂嚥了一口口水，沒時間去思考了，現在已經沒時間了！「讓開！」她放聲大叫，五、六隻白老鼠從船尾的繩索跳下來，躲進耗子的外套裡。

當歌蒂從劍鞘抽出劍的時候，突然一陣怒火中燒，彷彿著火似的。她用雙手舉起劍，然後用力往下一揮。隨著響亮的砰一聲，繩索應聲斷裂，豬仔號慢慢地駛離港口。

太遲了！克德和史曼已經跳過船和港口之間的空隙，現在正緊抓著掛在船尾的漁網。

「摩根！」歌蒂高聲尖叫，「阿沫！」

阿沫朝她跑來，一邊大聲回應，摩根在他的頭頂振翅飛行。克德鬆開漁網上的一隻手，接著開了兩槍。摩根發出嘎嘎的叫聲，飛到高空中。阿沫撲向船艙，尋求掩護。

歌蒂內心的怒火竄了上來，喉嚨在吶喊，一片紅霧從天而降，濃密、朦朧，她再也不知道自己身在何方，滿腦子想的都是鮮血，眼前看到的只有敵人正準備跨過船的另一端。

盛怒之下，她再次把劍舉起……

有東西撫過她的手臂。她急忙轉身，誰敢碰我？

她看見耗子那張蒼白又惶恐的表情，試圖想要住手，但那把劍彷彿有自己的生命，竟揮到半空中準備往小男孩砍去！

歌蒂用盡心力抵抗那把劍，抵抗怒火和那片紅霧，企圖讓自己抓住內心深處僅存的一絲理智……

沉重的劍終於停下來，距離耗子的頸子只差幾毫釐。

有那麼一會兒，歌蒂動彈不得。在她腦中，芙西亞的聲音激動地下達命令。殺死那些寄生蟲！快！

歌蒂慌張地大叫一聲，然後把劍丟得遠遠的。劍掉在甲板上發出聲響，克德和史曼也翻過了欄杆。

克德一刻也沒有浪費。他抓住歌蒂，用槍抵住她的腦袋，「嘿，阿沫小子。」他大聲叫道，「過來，帶上你的妹妹。」

當下一片寂靜，可怕的寂靜。歌蒂抬起頭，正好瞧見阿沫從船艙的一側緩緩走出來。他低著頭，綳帶歪了一邊，獨有的倔強特質似乎已不復見，即使在下水道昏迷不醒的時候，看起來都沒有如此——如此失落。

歌蒂舉起滿是瘀青的手摀住嘴巴，雙腳不聽使喚地發著抖。船在緩緩起伏的海面上又搖又晃。

「我說，把你的妹妹帶過來。」克德大聲咆哮。

阿沫眨眨眼睛，彷彿剛剛驚覺有人在跟他說話。他舉起一隻顫抖的手，指向本來踏板所在的空隙。「她掉下去了。」他聲音沙啞地說，「那顆子彈——你沒有打中我——打中了她。她掉進——水裡了。她——不見了。」

阿沫的聲音變得沙啞，一行淚從臉頰流下來。他慢慢跪倒在地，並開始啜泣起來。在頭頂的雲層中，一個嘎嘎聲附和著說，「不——見了，不——見了。」

歌蒂目不轉睛地看著阿沫，想要看見——

「不，」她低聲說，「不要是邦妮。」她也開始哭了起來。

「證明給我看。」克德說。

「沒什麼可看的。」阿沫喃喃地說。

「我說，證明給我看！」克德用手背抽打阿沫的腦袋，一滴鮮血從他的綳帶底下流出來。

三個孩子沿著甲板跌跌撞撞地走向槍口所指的地方，也就是不久前邦妮站的位置。花貓蹲在防水布蓋住的救生艇旁邊看著他們。克德仔細地檢查甲板，接著彎下腰，懷疑地盯著木板上的一條血痕。

「有可能是你的血。」他對阿沫說。

「我不這麼認為，克德。」史曼扶著欄杆，瞇起眼睛看著水面說，「看看那下面浮著的黑色東西，是一隻鞋子，小鞋子，看起來像是那女孩穿的那雙。要我去把它拿上來嗎？」

「不，不用麻煩了。」克德嘴唇一撇，露出邪惡的笑容，「所以說她死了，是吧？喔，親愛的，真叫人遺憾。」

「我的妹妹，」阿沫低聲說，「我可憐的妹妹。」

克德站直身子，收起笑容，表情繃得僵硬，「給他們搜身，史曼。」他說，「然後帶我們回到港口，可不能讓芙蘭絲等太久。」

史曼搜了兩個男孩，然而當他來到歌蒂面前的時候，他猶豫了一下，「嘿，克德，她還是公主嗎？」

「少傻了。」克德怒斥道，「給她搜身，否則等著吃我的拳頭。」

史曼小心翼翼地拍拍歌蒂的口袋，找到阿沫的小刀。他的目光接著落在那把劍上，於是撿了起來，「嘿，看看我找到什麼！要是那隻惡魔貓接近我的話，我就割斷牠的喉嚨。」

克德重重賞了他一個耳光，「快點下去，你這個白痴。啟動引擎，帶我們回港口。」

「唉唷！」史曼說著，忿忿不平地看著克德，「你不必這樣吧。」

史曼消失在甲板底下。過了一會兒，傳來蒸氣的嘶嘶聲，引擎隆隆地發動起來。他走回來，手上仍然緊緊握著那把劍，接著掌起舵柄，豬仔號開始轉向。

克德把孩子們趕到主桅旁邊聚集起來，然後退到欄杆邊，用手槍指著他們。在雲層上方，歌蒂聽見一聲逐漸遠去的悲慟叫聲，「不——見了。」

她抓住阿沫的手臂，彷彿沒辦法靠自己的力量站立，雖然這麼說也離事實不遠了。她用手指敲出一個名字，「邦妮？」

「在下面，」阿沫打起手語，「躲著。」

歌蒂吐出長長的一口氣。她一直迫切希望這一切只是詭計，但是阿沫表現得如此逼真，連疑神疑鬼的克德都相信了他。而且那隻鞋更是讓她擔心……

「血？」她打著手語。

「是我的。」

「鞋子？」

「邦妮的，丟下去的。」

船隻輕輕在碼頭邊靠岸。「嘿，芙蘭絲。」克德回頭大叫道，「快過來幫忙，還有小心那隻該死的鳥，牠還在附近。」

霍普護法攀過欄杆，氣喘吁吁，滿腹牢騷，「你們慢慢來沒關係，他們只是差點就要逃跑。那個誰跑去哪——」她突然見到歌蒂，嘴巴張得老大，「歌蒂・羅絲！我早該想到！」

霍普護法跺著腳往前走，直到她那張氣得七竅生煙的臉差點貼上歌蒂的臉才停下腳步，「還在干涉首輔的事情是吧！」她斷聲說，「我跟妳保證，這是最後一次，最後一次了！」

她又惡狠狠地瞪了阿沫和耗子，「另一個女孩跑去哪裡了？那個邦妮？」她厲聲說。

克德指著水面，「我射中了她。」

霍普護法的臉漲得通紅，「你這個笨蛋！其他人發現她身體有顆子彈的時候會怎麼想？」

克德假裝沒聽見她的問題。他從口袋裡拿出一根木屑，開始剔牙。

「說話啊？」霍普護法命令道。

克德目露兇光，在甲板上吐了一口口水，正好落在霍普護法的腳邊，「妳對這片海洋一點都不了解，是吧，芙蘭絲？那裡可是個鯊魚池。」他對著海口點點頭，「我和我的兄弟還是小鬼頭的時候，經常到那裡釣魚。只要扔點魚餌，小船四周立刻就包圍了一群鯊魚。那女孩到現在早已經是一堆白骨。」

「是嗎？」霍普護法說著，露出若有所思的表情，「是真的嗎？」

歌蒂看了阿沫一眼，現在什麼都不必多說，他們兩人看得出來自己接下來的命運會是如何。

可是逃亡機會看起來越來越渺茫。霍普護法把孩子們綁在主桅上，用力拉著繩結以確保綁得夠牢。

他們必須逃走，而且動作要快。

「史曼。」她說，「在碼頭邊停好。克德，我有新任務要給你。」

克德跟隨霍普護法走到欄杆旁邊時，一個熟悉的聲音傳到歌蒂的耳裡。

是鼓聲，還有低音大號的聲音，然後是走音的伸縮長號。

「是那支樂團。」她低聲說，「謊言日仍在進行中。」

「什麼樂團？」阿沫輕聲說。

「快看，在那裡！」

那些樂手沿著碼頭朝豬仔號浩浩蕩蕩地走來。他們的表演就如往常般糟糕，但跟在後面的群眾似乎毫不在意。歌蒂看見有人丟了五、六個小圓麵包。甜蘋果撲向那些麵包，一群戴著面具的小鬼頭也跟著撲過去。音樂停了下來，樂團指揮抓住其中一個小鬼頭，對他大吼起來。那男孩似乎在抗議，又或者是在懇求。

歌蒂感覺到旁邊的耗子突然變得僵硬。「怎麼了？」她低聲說。

耗子搖搖頭，沒事。

當樂團漸漸接近豬仔號的時候，克德的嘴巴微微抽動了一下。他對霍普護法嘀嘀咕咕說了幾句，接著越過欄杆跳上碼頭。

樂團指揮本來將面具推到額頭上，蹦蹦跳跳地往前走，現在的他卻突然停下腳步。甜蘋果撞上他，道奇又撞上甜蘋果。大夥兒開始抱怨，接著也看見克德。音樂零零落落停下來，群眾紛紛散去，彷彿大家可以預見將有大禍臨頭，不希望遭受池魚之殃。只有幾個小鬼頭好奇地在後頭徘徊，面具轉向指揮。

他帶著害怕的表情，目不轉睛地看著克德。歌蒂想起最後一次見到他時，他說過的那番話——「你已經害死我了，還有我的所有同伴！」

她明白那番話說得對。當初她救出邦妮和阿沫的時候，這些樂手確實是製造事端的重要角色。他們不知道自己在滋事，等到發現時已經太遲，可是誰會相信呢？顯然不會是克德。

在歌蒂的腦中，芙西亞的聲音低語著，戰士必須敢做敢當。

克德從道奇旁邊擠過去，一把抓住指揮的手臂。指揮的身子變得癱軟，彷彿體內所有的空氣都被抽乾。克德露出下流的笑容，舉起手槍……

「嘿，你。」歌蒂放聲叫道。指揮害怕地抬起頭。

現在還是謊言日，歌蒂提醒自己，我說的一切都必須顛倒過來。

「真是謝謝你的幫助啊。」她咬牙切齒地叫道，「你人可真好，給了我那麼多消息。」她氣憤地翻翻白眼，「真是太寶貴了，事實上，那些消息跟我們現在為什麼會淪落到這般田地一點關係都沒有。」

指揮驚訝地做出「喔」的嘴型，克德也大吃一驚。歌蒂可以看出他的困惑。

指揮率先清醒過來。他把外套弄正，對歌蒂嘲笑著說，「很高興可以幫上妳的忙，親愛的。我當然很願意背叛那些曾經合作過的夥伴，而我也非常遺憾看見妳自食惡果。」

克德若有所思地發出嘖嘖聲。霍普護法扶著欄杆往船的另一邊看出去，表情怒不可遏，「這是怎麼回事？他背叛我們？現在還在這裡大肆吹噓？先給他吃點鞭子，克德，竟然敢對他的老闆耍花招，然後殺了他。」

指揮倒盡胃口地看了她一眼，但克德在碼頭邊吐了口口水，然後搖搖頭說，「謊言日說話是這樣的，芙蘭絲。別擔心。」他以友善的方式，在指揮的手臂上拍了拍，轉身離去。

指揮猶豫了一下，接著衝向他，鐵鏈鏗鏘作響，「出遠門嗎，克德？我們今天早上得到的食物不多，大部分都是垃圾，真不想給你一些，帶幾袋難吃的餡餅上路怎麼樣？我在裡頭沒有聞到胡蘿蔔的味道，如果我記得沒錯的話，你一向很討厭胡蘿蔔。」

他抬頭看了歌蒂一眼，她覺得自己好像隱約看見他使了個眼色。

「不必了，我不想要。」克德說著，喜形於色。

「嘿，男孩們！」指揮放聲大叫，「我不需要你們幾個幫我扛些糧食上船。」

戴著面具的小鬼頭爭先恐後湧上來，互相推擠著對方。吹低音長號的老頑固和道奇分別從外套底下拿出一袋食物，不情願地交了出去。

「盡量偷吧，小伙子。」指揮對那些小鬼頭說，「我相信克德不會介意的，他的個性就像蝴蝶的吻那樣溫柔。」

克德露出一臉兇樣。小鬼頭個個放聲大笑，卻不敢對那些袋子亂來。

歌蒂感覺到耗子在旁邊抖個不停。她的血脈賁張。指揮正在密謀著什麼，她很肯定。或許袋子裡有東西，一份情報或一把武器。

男孩們攀過豬仔號的欄杆時，樂團奏出一記輕快的曲調。霍普護法瞪著那群樂手。「我們在浪費時間！」她大聲嚷嚷。

似乎沒有人注意到她。克德對男孩們指示袋子應該放哪裡。樂團演奏得越來越大聲，男孩們開始跳起舞來。

突然間，船上的甲板充斥著噪音和混亂，到處都是小鬼頭在鬼吼鬼叫，手舞足蹈。歌蒂簡直跟不上他們的腳步。花貓偷偷溜到蓋著防水布的救生艇後面，孩子們抓不著的地方。

霍普護法氣得滿臉通紅。「夠了，」她叫道，「別胡鬧了，否則我讓你們全部吃鞭子。」

他們仍然不理會她。歌蒂見她從口袋裡拿出一把小手槍，指向天空。

比炸彈還要響亮的槍聲讓舞蹈當場停了下來。小鬼頭紛紛退縮到欄杆旁邊，碼頭上的樂團成員也愣住了，吹奏樂器的嘴唇頻頻發抖。

然而，霍普護法還來不及將嘴邊的咒罵迸出，船隻周圍的空氣開始發出嗡嗡聲，跟著打轉起來。

史曼的撲克臉突然像蠟燭一樣亮了起來。「是天大謊言！」他大聲叫道，「我可以感覺得到，有人準備碰上天大謊言了！」

他說得對，歌蒂也感覺到了。謊言日仍在進行中，而且還有天大謊言在外頭遊蕩。這個天大謊言沒人召喚，但它還是來了。

「這是給誰的？是給我的嗎？」史曼大聲叫道，「喔，禿神索克，讓我成為那個幸運兒吧！」

歌蒂看見克德和其他小鬼頭的眼神中流露出相同的渴望，只有霍普護法一副不高興被打斷的模樣。「我們已經沒有時間——」她準備開口說。

那股盤旋、打轉的空氣突然經過她的身邊，帶走了她接下來要說的話。碼頭邊閃閃發亮，指揮驚訝地放聲尖叫。

「快，克德。」史曼大喊著說，「問我一個問題。」

「別傻了。」克德喃喃地說，「這不是給你的，是給他們的。」

克德指著那群樂手，他們正沐浴在一團無限可能的漩渦之中。甜蘋果踮腳站著，又是哭又是笑，「是我們！是我們！」老頑固那張沒了牙齒的嘴巴想要問問題，但他就像大部分的樂團成員一樣，激動得說不出話來。

只有道奇記得轉向指揮，大喊著說，「我們是誰？快，趁它還沒消失之前。我們是誰？」

指揮像其他人一樣，驚訝得不能自已，「我們是——我們是——」他結結巴巴，東張西望尋找靈感。歌蒂看見他的目光落在霍普護法，也就是芙蘭絲身上，那個曾經害他挨鞭子的女人……

他露出一抹圖謀報復的賊笑。「我們是獵人，」他大聲地說，「自由又強壯的獵人，而——」他舉起指揮棒，毫不猶豫地指向霍普護法，「——她就是我們的獵物。」

隨著一聲巨響，腳鐐從他的腳踝落下，從所有同伴的腳踝落下。他變高了，也變得更敏銳。甜蘋果的跛腳痊癒了。道奇和毛茸茸的小號手全身滿溢著力量。甚至連老頑固也放下他的鼓，站直身子，像個二十歲的人那樣輕盈有活力。

事情還沒完。經歷過天大謊言的歌蒂可以看見這個謊言的面貌。她看見圍繞在每個獵人身邊的薄霧，薄霧讓他們看起來更是高大強壯，他們讓歌蒂想起古老寓言裡的英雄，她看見他們身上所披的毛皮，以及在附近鬼祟走動的巨型獵犬，彷彿一縷縷擁有細長雙腿的煙霧。

霍普護法也改變了，變得比獵犬還要巨大，腦袋因為兩根巨大鹿角而往旁邊傾斜。她嗅嗅空氣，然後用鼻子哼了一下。

指揮猛然轉過頭來，指向豬仔號。

甜蘋果強而有力地舉起長號——時間一分一秒過去，看起來就越像長矛——開始悄悄往船邊靠近。道奇在後面跟了上去。歌蒂屏住呼吸。

霍普護法抬起一隻鹿蹄，又放了下來，搖搖鹿角。然後，在毫無預警之下，她躍過欄杆，開始在碼頭狂奔。

指揮舉起虛幻的喇叭用力一吹，獵犬紛紛嚎叫起來，朝霍普護法奔馳而去。隨著一片喧嘩，幾乎所有樂手都跟了過去，只有道奇站在原地，瞇起一隻眼睛，用他的喇叭看著越跑越遠的獵物。這時他的右手突然收回來，歌蒂覺得自己好像聽見遠方傳來咻的一聲，彷彿有人在夢裡放了一支箭。

霍普護法搖搖晃晃倒了下來。但趁著那些獵犬抓住她之前，她又拖著身子讓自己站起來，一拐一拐地繞到一間倉庫的盡頭。獵人和獵犬追在後面，因為刺激的追逐戰而高聲呼喊。天大謊言在轉角消失，沒了蹤影。

整件事發生得如此迅速，歌蒂被嚇得目瞪口呆。她看看阿沫，阿沫也看看她，兩人震驚不已。

在他們身後，克德得意地哈哈大笑著說，「哈哈哈，可憐的老芙蘭絲，她沒想到會發生這種事，是吧？」

「你想我們應該跟上去嗎？」史曼猶豫不決地說，「去幫幫她？」

「幫芙蘭絲？她什麼時候幫過我們了？不了，我想她也差不多完了，這表示現在我是副指揮官了，我說由我們繼續完成哈羅的命令，然後再去璀璨城領我們的獎賞。」

克德把小鬼頭趕到船下，「好了，史曼，帶我們駛進海灣吧。」

史曼移動舵柄，豬仔號緩緩離開碼頭，「我們要去哪裡，克德？」

克德咧嘴一笑，雙眼如子彈般殘酷明亮，「我們要回去我的少年時代，我們準備將這群人——」他用下巴指著歌蒂、阿沫和耗子，「介紹給鯊魚池認識認識。」

27 鯊魚池

指揮送上船的袋子裡沒有任何武器，也沒有任何情報，除了餡餅以外看起來沒有別的東西。歌蒂看著克德一口接一口，狼吞虎嚥地咀嚼著。

「呃——克德？」史曼不安地看著孩子們說，「我們真的打算要——你知道的？」

「嗯哼。」克德用塞滿餡餅的嘴巴說。

「三個人通通都要？我們非得這麼做嗎？」

「誰是這裡的老大，史曼？你還是我？」

「你，克德！」

「你可別忘了。」

正當豬仔號準備駛入海口時，開始刮起風來，雲朵也變得陰沉。孩子們頭頂上方的帆纜不斷撞擊著船桅。

歌蒂盯著那些雲朵，希望發現摩根的蹤影。她被克德的槍聲趕跑了嗎？還是仍在天空中的某個地方？

無論如何，摩根幫不了他們。有個男人準備把他們丟去餵鯊魚，而他們只能任由他擺布。

在這之前，歌蒂本來可以抑制住逐漸滋長的恐懼。可是現在，恐懼悄悄走向她，露出了駭人的真面目。她的嘴唇在顫抖。她閉上眼睛，不敢去想接下來即將發生的事。

在她的腦海深處，芙西亞低聲說，戰士必須戰勝自己的恐懼。

歌蒂嚥了口口水。丹先生曾經說過類似的話，要禮貌地歡迎恐懼，儘管害怕也必須有辦法完成該做的事。

她深吸一口氣，「耗子，」她低聲說，「你的寵物鼠有辦法咬斷我的繩子嗎？」

小男孩點點頭。

「也咬斷我的吧。」阿沫喃喃地說。

耗子輕輕吹了聲口哨，外套前面開始像波浪般起伏。小腳跑過歌蒂的手臂，綁在她胸膛的繩索開始抽動。

歌蒂往後靠著船桅，大口呼吸。所以說，那些小老鼠看起來真的有辦法咬斷繩索，那麼接下來該怎麼辦？他們仍然被困在這裡。克德有手槍，史曼有芙西亞的劍，他們都是成年男子，而且非常強壯，直接打起來的話，根本打不過他們。

在她的腦中，芙西亞低聲說，知己知彼，百戰不殆……

克德把最後一點餡餅屑從嘴邊擦去，接著站起來伸個懶腰，關節嘎嘎作響，「最好讓那些鯊魚知道我們來了。」他說。

他步履蹣跚走向三個孩子。耗子輕輕悶哼一聲，寵物鼠立刻跑下船桅，消失無蹤。歌蒂盡可能挺起胸膛，希望克德不會注意到被咬到一半的繩子。

結果克德對歌蒂和阿沫根本不屑一顧，反之，他替耗子鬆綁，抓住他外套的衣領，開始拖著他朝欄杆走去。

在這驚險的一刻，歌蒂以為克德準備當場把耗子扔下船。她放聲抗議，與此同時，阿沫也大聲叫道，「不！」

他們頭頂上方的帆纜不斷砰砰作響。蓋著防水布的救生艇掛在支架上，發出嘎嘎的聲音。花貓從後方探頭偷看，嘶嘶地叫著。

克德拿出水桶塞到耗子的手中。小男孩聞到味道倒退三分，克德立刻賞了他一個耳光，「把這些髒東西往外丟，」他說，「一次丟一點。」

耗子一動也不動。克德拿出手槍，拍拍小男孩的臉頰，「還是你願意的話，」他說，「我可以把你丟出去。」

慢慢地，耗子把手伸進桶子，拿出一把魚內臟，扔出欄杆外。克德的下巴動來動去，彷彿很失望沒有藉口可以殺人。花貓從救生艇後面溜出來，在歌蒂腳邊蹲下。老鼠重新開始啃咬繩子。

歌蒂感覺到一滴雨水落到臉上，於是抬頭一看。雲朵漸漸聚集起來，早晨的天色變得越來越陰暗。在她的腦中，芙西亞的聲音低語道，有時候，最危險的地方就是最安全的地方。

「什麼？」

有時候，最危險的地方就是……

歌蒂再次看著那些雲朵，看著它們漸漸籠罩甲板。喔，她心想，當然了！

她靠向阿沫，「虛無術。」她輕聲說。

阿沫盯著她，「可是意義何——」這時，他也恍然大悟。

起初，歌蒂發現要淨空思緒簡直不可能。恐懼不斷干擾她。船隨著海浪急遽升高，又突然落下。綁住她的繩索在五、六排小牙齒的啃咬下頻頻抽動。

最後，正當她的思緒終於平靜下來的時候，有樣東西在船身刮了一下。耗子大叫一聲，往後跳了一步。

克德的兩頰露出紅暈。他瘋狂地哈哈大笑，「看來這些可愛的鯊魚急著想要認識你，小子。你何不跟牠們打聲招呼？去啊，探出欄杆跟牠們致意。」

耗子嚇得離他越來越遠。

「我說，探出欄杆外！」

小男孩看了歌蒂一眼，眼神中盡是恐懼，她只能無助地回望著他。在她旁邊的阿沫改變站立的重心，彷彿準備好要打上一架。「去啊，耗子。」他大聲叫道，「告訴牠們我們今天要吃鯊魚燉肉當晚餐。」

「好狂妄的口氣啊，阿沫小子。」克德冷笑著說，「我看你到了鯊魚的嘴裡還敢不敢那麼囂張。」

耗子發著抖，往前一步，把頭探了出去，「快，」阿沫低聲說，「趁克德看著他的時候。」

歌蒂閉上雙眼，竭盡所能與外界隔絕——船、鯊魚、耗子的恐懼、自己對於未知的憂慮。她深深吸口氣，再緩緩吐出來。

我什麼都不是，我是吹著帆纜的風……

她的思緒開始向外延伸。她感覺到小老鼠快速的心跳聲，像許多火花包圍著她的身體。還有那隻貓，在她身後的甲板上，像燃燒的木炭散發著光和熱。

我是一陣海味，我是鹹鹹的海水……

她感覺到邦妮蹲在船艙的角落，腦袋很清楚。接下來是阿沫、耗子、克德和史曼——然後——然後還有其他人！豬仔號上還有其他人！有人躲在救生艇裡，可是那個人是誰？又為什麼會……

又有一隻鯊魚在船身刮了一下。歌蒂可以感覺到牠的飢餓，就像刀刃一樣無情。她打了個哆嗦，睜開眼睛。

阿沫已經不在她的身旁。

或者應該這麼說，他在，只是沒人可以發現他。

史曼驚訝的叫聲比歌蒂預期來得快，「嘿，克德，他們——他們不見了！」

歌蒂感覺到阿沫在她旁邊抖個不停，她強迫自己慢慢呼吸，就連空氣都很難發現她的存在。克德的靴子沉重地朝甲板走來時，她站得僵直，動也不敢動。

我什麼都不是，我是微不足道的記憶，我無氣也無味……

克德在不遠處停下腳步，手裡拿著手槍，整個人氣得咬牙切齒，「他們肯定有另一把小刀。

史曼，你這個笨蛋！我說過要搜他們的身。」

「我搜過了，克德，我保證我搜過了。」

克德那張削瘦的臉左看右看，仔細檢查碼頭。歌蒂感覺到他的目光從她身上經過。一次。兩次。

我什麼都不是……什麼都不是……什麼都不是……

「他們肯定在某個地方，」克德喃喃自語，「要找到他們應該不難。等我找到以後——」

他邁步走上甲板，用腳踢了收起來的帆。等他走到船尾，他猛然轉身，目光兇狠地看著所有的人事物。耗子害怕地退到欄杆旁。

「你們這些小鬼頭，無論你們在哪裡，」克德大聲叫道，「我都會找到你們。到時候你們會很後悔跟我作對。」

突然間，歌蒂身上的繩子鬆了開來。許多小爪子蹦蹦跳跳跑下船桅，一溜煙不見了。花貓開始用舌頭冷靜地清理自己。

歌蒂輕輕倒抽一口氣，阿沫也鬆綁了，她感覺到他離開了船桅。

「克德？」史曼說著，不安地搖晃他的大頭，「我真的仔細搜過他們了，我不認為他們有另一把小刀。」

克德不理會他，他現在正朝甲板的另一邊前進，撥弄著各個角落。歌蒂看見耗子看了救生艇一眼，表情滿是害怕。

「我不知道他們是怎麼掙脫那些繩子的。」史曼轉動眼珠，「你覺得是魔法嗎？什麼邪惡的魔法？你覺得呢？」

知己知彼，百戰不殆。

歌蒂小心翼翼地蹲下來，嘴巴湊到花貓的耳邊。「貓咪，」她輕聲說，「我們需要看起來像是魔法的事情發生，就是現在。」

有那麼一會兒，花貓動也不動，接著站起來，打了個大哈欠，開始大步走向船艙，雜亂的尾巴抬得老高。

克德用腳踢開一個桶子，什麼也沒有。他露出怒容，開始邁步走向救生艇。但就在他抓住防水布的同時，船艙傳來害怕的叫聲。「克德！牠在看著我！」

克德停下腳步，「你在說什麼？」

「那隻惡魔貓！牠在看著我！」

花貓確實在看著史曼。牠大步走向他，目光犀利地注視他的臉。他放開船舵，慢慢往後退，手裡拿著劍。歌蒂靠在船桅上。船突然傾斜，史曼摔倒在地。

同一時間，十幾隻白老鼠從他後方的艙口蜂湧而出，每隻老鼠的嘴裡都叼著一張舊報紙剪下來的紙片。牠們將紙片丟到他的腦袋旁邊，又匆匆離去。

「克德，」史曼發出呻吟，「這是魔法，我就跟你說吧。」

「別傻了。」克德厲聲說，「你以前見過這些老鼠，牠們是那個年輕小鬼頭的。」

史曼搖搖頭，「是花貓讓牠們這麼做的，這是魔法。」他撿起其中一張紙片，嘴巴突然張得老大，「看看上面說了什麼，死亡。還有這張，死翹翹。還有這張，死人。這是我的命運，克德，牠們替我算命，我要死了，就像芙蘭絲一樣。」

克德大聲咆哮說，「要死的人不是你，笨蛋，是那些小鬼頭。給我振作點。」

歌蒂慢慢接近史曼，趁著經過他身邊的時候，在他的耳邊低聲說，「可憐的史曼，一命嗚呼。」

史曼嚇得縮了一下，接著跳了起來，「誰在說話？」

「誰在說什麼？」克德咆哮道。

一道陰影緩緩飄到史曼的另一邊。歌蒂聽見阿沫輕聲說，「一——命——嗚——呼——」

史曼拿劍對著空氣猛刺，「別靠近我，」他顫抖著說，「我不想要什麼鬼魔法靠近我。」

克德大步走下甲板，抓住史曼的手臂，「你是怎麼回事，對著空氣說話？你最好照子放亮點，史曼，我們這裡還有工作要做，不容閃失。快去開船，帶我們重回航線，否則我就把你扔下船。」

史曼用力嚥了口口水，眼睛疑神疑鬼地轉動，手緊緊握著劍，指節都泛白。不過克德的話起了作用。他用單手重新掌舵，帶著豬仔號重回航線。

克德觀察他一、兩分鐘，然後消失在船艙後方，一面喃喃自語，一面拿手槍東戳西戳。

克德一離開，歌蒂立刻飄到船舵旁邊，「史曼——是怎麼——死的？」她低聲說，「他——

是怎麼——死的？」

「閉嘴。」史曼喃喃地說，「我不聽鬼話，克德說你不是真的。」

「他——是怎麼——死的？」阿沫輕聲細語地說。

花貓輕輕拍打尾巴，耳朵平貼著腦袋，「淹——」牠哀號著。

「不！」史曼放聲叫了出來。

「你在測試我的耐心，史曼。」克德在船艙後方大聲說道。

帆纜傳來吱吱叫的聲音。歌蒂抬頭一看，老鼠像白色信號旗排成一排，「吱吱吱。」牠們齊聲叫道。

與此同時，空中傳來振翅聲，摩根自雲層裡降了下來，「淹——死——」她發出烏鴉的叫聲，巨大爪子在史曼的頭頂上方低空劃過。

史曼瘋狂揮舞著他的劍。克德開了一槍，但殺戮鳥早已消失。

「克德！」史曼放聲大叫，「我們得趕快回頭，我會淹死，那些鬼魂說的！」

「那不是鬼魂，是小鬼頭在搞鬼。」克德咬牙切齒地說，「他們在哪裡？他們肯定在某個地方。」

「我會淹死！」

「等我逮到他們，」克德說，「你就可以用那把愚蠢的劍刺穿他們，然後你就會知道他們不是鬼。」

歌蒂悄悄地來到史曼的身後，「可憐的──史曼──」她輕柔地說，「拿著劍──自殺身亡。」

史曼猛然轉身，舉起劍，不安地看著它，手頻頻發抖。在他的另一邊，阿沫低聲說，「拿著劍──」

「劍──」花貓哀號著，尾巴左右搖擺。

一根黑色羽毛緩緩飄下來，落在史曼前方的甲板上，「劍──」躲在雲層中的摩根大聲叫道。

「吱吱，吱吱。」老鼠邊叫著，邊在帆纜跳上跳下。

「不！」史曼哭喊著，用盡全力將劍揮了出去。

當劍擊中甲板之際，有人叫了一聲。歌蒂轉過身。克德肯定是趁著她和阿沫折磨史曼的時候，偷偷經過他們身邊抓住了耗子。現在小男孩在船邊搖搖欲墜，雙腳懸在欄杆外，面如槁灰。克德捉住他的一隻手臂。

耗子腳下的海面上，到處都是巨大的灰色身軀。

「我知道你們就在附近。」克德大聲說，「放聰明點，現在馬上現身，否則我就放手了。」

歌蒂瞬間愣在原地。無論她怎麼做，耗子都會沒命。如果她和阿沫繼續躲著，接下來的幾秒內他就會死。如果他們現身，他一樣會死。他們通通都會死，只是時間早晚的問題罷了。

在她的腦中，芙西亞低聲說，留得青山在，不怕沒柴燒。

歌蒂點點頭，公主說得沒錯，他們必須立刻救出小男孩。只要他還活著——只要他們都還活著——那麼至少還有一線生機。

她深吸一口氣，讓虛無術緩緩退去。不到一會兒，阿沫隱隱約約在旁出現。

克德滿意地發出嘖嘖聲，手槍舉起來瞄準他們，「看吧？」他對史曼咆哮著說，「根本沒有鬼，快把你的劍拿起來。」

史曼沒有動作，「我們帶他們回城市裡去吧，克德，你可以告訴哈羅他們逃跑了。」

「閉嘴。」克德說，「我已經受夠你了。事實上——」他把耗子搖來搖去，小男孩開始啜泣起來，「——我已經受夠船上的每一個人。我想該是時候辦正事了，就從這一個開始。」

他鬆動捉住耗子手臂的那隻手，彷彿準備把小男孩推下船。歌蒂迅速往前踏一步，「等一等！」她說，「有件事你必須知道。」

歌蒂完全不曉得接下來她要說什麼。阿沫就站在她身後的不遠處，跟她一樣手足無措。他們無法靠近一步，這樣會危害到耗子的安全。她不知道該怎麼拯救小男孩，也不知道該怎麼拯救自己。

「什麼？」克德大聲說。

歌蒂不停想啊想。不知道為什麼，她不斷想起芙西亞的劍。可是那把劍現在躺在甲板的另一端。如果他們其中一人試圖去拿劍，克德會毫不猶豫地開槍。

當然，他們還有邦妮，可是邦妮能幫上什麼忙？她就跟歌蒂和阿沫一樣無助。

或者，真是這樣嗎？

彷彿一道光打來，歌蒂看見自己站在梅恩城的港口邊，當她還是公主而邦妮還是友芊的時候，那個渴望陪同哥哥一起出戰的友芊，弓術和芙西亞並駕齊驅的女孩。

「來，把這些放進我的船艙。」

那把劍出了天大謊言進入現實世界。要是芙西亞的弓和箭也一樣呢？

歌蒂無法得知，就好像她無法得知邦妮和躲在救生艇的那個人能不能了解她接下來要說的話，也無法得知他們能不能及時行動。

她能做的只有懷抱希望。她又向前走了一步。

「別耍花招。」克德舉起手槍厲聲說。船身左右搖晃，耗子的雙手死命抓著欄杆。

「我的花招已經用完了。」歌蒂說。阿沫移動雙腳，她知道他聽見了她語氣中的謊言。她在背後用雙手打著手語，「做好準備！」

「不過，如果芙西亞公主在這裡，」她大聲說，「她可會有很多花招。她是著名的弓箭手。」

「什麼？」克德冷笑著說，「妳以為天大謊言會幫妳嗎？它不會再幫第二次了，你說是吧，小男孩？」

他推了耗子一把，他差點從欄杆掉下去。耗子放聲叫了出來，雙腳在半空中拚命掙扎。

克德哈哈大笑。

「如果芙西亞公主在這裡，」歌蒂連忙大聲說，「她會把手槍從你的手中射走！」

就在這時，歌蒂和阿沫及時撲倒在甲板上，一支箭從兩人的頭上呼嘯而過，不偏不倚地打中克德的手槍。他驚訝地叫了一聲——然後放開耗子。

小男孩緊緊抱著欄杆，放聲尖叫，雙腳又踢又蹬。船身一個翻滾，他的雙手開始鬆脫……

歌蒂趕緊跳起來，用前所未有的飛快速度往甲板奔去。耗子摔過船的另一邊之際，她抓住他的手臂，用盡所有力氣緊緊抓住他。

克德早已朝他的手槍撲過去。歌蒂從眼角看見阿沫企圖早一步搶走手槍，卻知道他沒辦法及時趕到。

就在這時，她聽見一聲怒吼，有人從救生艇衝出來，跳到克德的背上。是龐斯。

克德被這突如其來的重量壓得摔在甲板上，但仍然伸長了手，想要搶回那把槍。他失了手，槍滑過甲板來到歌蒂面前，她一腳踹進排水孔。

然而這麼用力一踢，害她鬆開了抓住耗子的手。他瞬間從她手邊溜走。「阿沫！」她尖叫著。

阿沫衝過甲板，抓住小男孩的另一隻手臂。兩人同心協力把他從船的另一邊拉回來，越過欄杆，重返安全。三人在濕淋淋的甲板上跌作一堆。

可是他們不能休息太久。附近的龐斯正在為他的性命而戰。他兇狠地又踢又打又咬，但歌蒂看得出來他不是克德的對手。克德漸漸將他逼到甲板上。

歌蒂看見那把劍，仍然躺在史曼剛才丟棄的地方。一部分的她渴望把劍拿起來揮舞，更大一部分的她卻對這個想法感到噁心。

但是她必須做點什麼。她站起來，悄悄接近那把劍。

「嘿！」史曼大叫一聲，放開了船舵。但他還來不及走到歌蒂旁邊，摩根就從雲端飛了下來。史曼嚇得放聲尖叫，臉朝下仆倒在地，雙手捧著腦袋。殺戮鳥在他旁邊走來走去，用鳥嘴攻擊他。

歌蒂聽見耗子發出叫聲。克德正跪壓在龐斯身上，手臂緊緊勒住他的脖子。龐斯又是掙扎又是反抗，卻沒辦法掙脫，他的臉慢慢轉青。

阿沫猶豫不決地向他走近一步。歌蒂緊咬著牙，伸手想要拿起那把劍。

然而，當歌蒂準備這麼做的時候，突然聽見匆忙的振翅聲，接著摩根飛上了帆纜。她猶豫了，指尖險些就要碰到劍柄。在她的頭頂，殺戮鳥開始升空，並且放低了巨大的翅膀。

啪、啪——啪、啪。

甲板上突然陷入沉默，周遭一片風平浪靜。雲層很低，輕觸船桅。除了引擎在隆隆作響外，唯一的聲音來自於摩根的翅膀，拍動著古老歌曲的旋律。

啪、啪——啪、啪。

啪、啪——啪、啪。

豬仔號四周的空氣搖曳不定，克德悶哼一聲，放開龐斯，搖搖晃晃站起來。這個舉動似乎讓他頭暈。他靠在欄杆旁，拳頭握在胸前。

「我要把你們通通給殺了。」他咆哮著說。

史曼坐起來，小心翼翼提防著摩根。龐斯揉揉脖子。歌蒂聽見一陣沙沙聲，花貓從旁邊擦身而過，眼神如冬月般冷冽。老鼠一個個跟上牠，在克德四周圍成一個半圓形。儘管牠們的身形嬌小，卻有種無情的特質，彷彿剛剛下了個判決，現在等著看它實行。

空氣在他們四周嘶嘶作響，不停打轉。

是天大謊言，歌蒂心想，摩根喚來了一個天大謊言！

在她的頭頂，殺戮鳥的翅膀持續以一種規律的節奏拍打著。雲層越降越低，幾乎觸及甲板。

克德突然倒抽一口氣，「喔，原來是你，是吧，邦果？」他喃喃地說著，對雲朵頻頻出拳，「來吧，看我把你揍得面目全非。」

邦妮在歌蒂的耳邊輕聲說，「他在跟誰說話？」

「我不知道。」歌蒂低語道。空氣又開始來回搖曳，雲朵形成了一個男子的輪廓。

「你總是那麼懦弱，邦果。」克德說，「又懦弱又遲鈍，」他哈哈大笑起來，「不像我。」

史曼拖著身子站起來，對花貓和老鼠避而遠之，「克德？你在做什麼？邦果已經死了，你五年前就殺了他。」

克德並沒有聽見他的話。「你騙不了我的，邦果。」他大叫著說，「我看得見你！」於是他再次揮舞著拳頭。

歌蒂看著花貓和那群老鼠，牠們當中想必有人問了個問題。問了什麼呢？她不禁納悶。

芙西亞的聲音從她的腦中傳來，這個男人何時將為他的罪行付出代價？

歌蒂打了個哆嗦。答案是？

現在……

突然間，克德不再頭暈目眩。他不偏不倚地跳到豬仔號的欄杆上，一手勾著帆纜，高傲地仰起頭。「你以為你逃得了嗎？」他大聲喝道，「沒人可以從我這兒逃走。我要來找你了，邦果！」

史曼慌張地看著他，「你在做什麼，克德？別忘了那些鯊魚！克德？鯊魚！」

但是克德聽不見他的話，他看起來什麼都聽不見，或許除了他腦中那個復仇鬼魂的聲音以外。隨著一聲嘶吼，他從船上跳了下去。

有那麼一會兒，歌蒂差點以為他有可能活下去。他在浪花最頂端游來游去，幾乎沒有接觸到海水。到處都不見鯊魚的蹤跡。

但是後來他停了下來，彷彿撞上一道隱形的牆壁。周圍的海浪滔滔，他發出一記悲慘的叫聲。

然後就此消失。

28 第五名管理員

好長一段時間，大家一動也不動。豬仔號漫無目的地漂來漂去，雲朵漸漸散開，吹得不知去向。歌蒂以為她想大哭，接著又以為她想大笑，最後只是緊咬雙唇，努力什麼也不去想。

阿沫神情呆滯，緊緊地抱住邦妮的肩膀。耗子蹲在他們身後的甲板上，不停顫抖，他的寵物鼠在幫他洗臉、梳頭髮，努力地安撫他。史曼望著海平面，雙眼因為恐懼而睜得老大。

讓他們從震驚中回神的是龐斯。他大步走到欄杆旁邊，對著海面大聲咒罵，「討厭鬼終於滾蛋了，真是謝天謝地。嘿，史曼，還有餡餅嗎？我今天早上還沒吃早餐呢。」

史曼對他眨眨眼睛，「你——你不能吃，餡餅是克德的，他不喜歡別人拿他的東西。」

「我想他應該用不到了。」龐斯說著，對花貓咧嘴一笑。牠坐在欄杆旁邊，滿臉春風得意，「我想他也用不到這艘船了。我可以開著它環遊南方群島，讓我發大財。龐斯船長，聽起來怎麼樣？」

他挑釁地側過頭，環視著每一張臉孔。慢慢地，歌蒂的腦袋再次清醒過來，「聽起來不錯，」她說，「只要你先送我們回家就行了。」

龐斯瞇起雙眼，「代價可不便宜。」

「我們已經付過了。」歌蒂說著，朝耗子點點頭。白髮小男孩仍在發抖，但現在他正對著老鼠輕聲哼唱，牠們則沿著他的手臂爬上爬下。

龐斯的臉微微發紅，「是啊，我想你們付過了。」

阿沫抖抖身體，彷彿剛剛才注意到發生了什麼事，「妳不會想相信他吧？」他對歌蒂低聲說。

「不相信。」歌蒂說，她甚至懶得壓低聲音，「如果對他有好處，他仍然會把我們賣給哈羅，對不對啊，龐斯？」

龐斯聳聳肩，「也許吧，不過我也懂得人情世故。你們從鯊魚口中救了耗子，所以我願意用我的船載你們回家。」

阿沫有點生氣，「誰說這是你的船了？」

「我說的。」

「我敢說你根本連開都不會開。」

「你就會嗎？」

邦妮手邊拿著芙西亞的弓箭，本來一直在旁邊安靜地聽著，現在突然對龐斯翻了個白眼，「他當然會，我哥哥什麼都會。」

「閉嘴，邦妮。」阿沫抱怨地說。

「聽著。」歌蒂已經對所有人失去耐心，「除了史曼，我們沒有人知道怎麼開這艘船，所以誰叫誰船長根本不重要，該是史曼告訴我們應該怎麼做。」

大塊頭搖了搖頭，「不，我可不會幫你們，哈羅會不高興的。」在他的身後，花貓伸著懶腰，露出了牠的爪子。

「哈羅不必知道。」歌蒂說。

史曼緊張兮兮地回頭看了花貓一眼，接著壓低聲音，「哈羅什麼都知道。」

「你可以當船長。」歌蒂說。

史曼猶豫了一下，歌蒂看得出來這個誘惑在他內心起了作用，可是他對哈羅的恐懼實在太大，他再度搖了搖頭。

歌蒂大聲地嘆口氣，「這樣的話，我們只好逼你幫我們了。」

「逼我？」史曼懷疑地放聲大笑，「要怎麼做？你們只是小孩子，而且我很高大。」

歌蒂轉身背對他，對邦妮使了個眼色，「妳還有幾支箭？」

「還有很多，妳希望我射他嗎？」邦妮說。本來穿著一隻鞋的她現在把鞋給踢掉，露出長襪急忙站好。

「嘿！」史曼說。

「不要一次射光了。」歌蒂說，「這兒一點，那兒一點就行了。從他的腎臟開始。」

邦妮從箭筒拿出一支箭，安置在弓箭上。

「等一下。」史曼說。

邦妮舉起弓箭，開始對史曼繞圈子，「他的腎臟在哪裡？」

「我不確定，」歌蒂說，「我想在那裡吧。」她戳了戳史曼的背後，「其實不太重要，儘管一直試到妳射中為止。」

「好吧，好吧！」史曼說，「我會幫你們。」

邦妮做出失望的表情，「還可以讓我射他嗎？」

「除非他現在沒有立刻把船開往到璀璨城的航線，妳就可以射他。」歌蒂說。

史曼跑到船舵旁邊，豬仔號很快地逐步向西前進。歌蒂一屁股坐在甲板上，閉上眼睛，努力不去想起克德。

反之，在這幾天內的頭一次，她讓思緒轉向爸爸媽媽。她多想見到他們啊！她希望自己可以讓船開得快一點——

「歌蒂。」

她心不甘情不願地睜開眼睛。邦妮和阿沫蹲在面前，手中分別拿著芙西亞的弓和劍。邦妮也從救生艇那兒拿回了自己的弓，握在手裡。摩根站在阿沫的肩膀上，黑色羽毛隨風沙沙作響。

「嗷嗚——」花貓在欄杆附近，漫不經心地喃喃叫著。

邦妮不發一語，將兩把弓放在甲板上。兩把弓的長度相同，但是除此之外，看起來大相逕庭。芙西亞的弓幾乎是全新的，有著皮革握把，正上方刻了一隻狼寶寶，用紅色和黑色漆成精美的圖案，頂端鑲了許多銀戒指。

相反的，邦妮的弓非常老舊，完全不像當初是用綠意盎然的樹木所製成的。握把早已遺失，弓上到處傷痕累累。就算曾經漆過油漆，現在也根本看不出來。

但是就在這個時候，邦妮指著弓的頂端，弓弦纏繞的地方，然後說，「看，妳可以看見銀戒指以前鑲著的位置。還有這裡，握把上面，是一隻狼寶寶。」

歌蒂盯著那把老舊的弓，沒有去觸摸它。的確，那裡曾經有東西刻在上頭，但早就被小刀給削掉了，她看不出來那是什麼。

「阿沫覺得我只是在幻想。」邦妮說。

「我不是這麼說。」阿沫露齒笑著說，「我是說妳瘋了。」

「這個嘛，我可不覺得，這兩把弓感覺很像，歌蒂，真的。」

「我想有可能。」歌蒂緩緩開口說，「芙西亞的弓有可能以某種原因，最後落到了博物館裡。」

「而歐嘉．西亞佛嘉一直保留得好好的，然後交給了我！」

「那麼瘋的人就成了歐嘉．西亞佛嘉了。」阿沫說完，又迅速加了一句，「可別告訴她我這麼說。」

邦妮拿起那把美麗的新弓箭，輕輕摸著皮革握把，「我們真的到過那裡嗎？古梅恩城？」

「我不知道。」歌蒂說，「感覺彷彿真的到過那裡。」

花貓站在欄杆旁，看著牠那曾經抓過天鵝絨和老鼠皮的爪子，「嗷——」牠輕聲說。

邦妮嘆了口氣，「當年輕女侯爵很有趣，而且歌蒂，妳當芙西亞當得很棒。要是我來當的話，一定沒有妳好。」

她最後一次撫摸那把弓箭，然後把它交出來，「這個應該是妳的。」

阿沫清清喉嚨，「這也是妳的。」他的手在芙西亞的劍柄上徘徊，彷彿不想放手。

「妳——的——」摩根嘎嘎地說。

歌蒂坐起來，弓上的銀戒指對她發著光，劍靜靜躺著等待。她握緊拳頭，「嗯——我忘了怎麼使用它們。」

她看見阿沫的臉上慢慢露出懷疑的表情，於是趕緊接著說，「天大謊言停止後，我就失去了那些能力，我不知道為什麼，就這樣消失了。妳不妨自己留著。」

花貓凝視著她，漆黑雙眼充滿睿智。

「我沒有忘。」邦妮說。

阿沫放聲大笑，「我們都看見了。」接著他的表情又變得嚴肅，「我也沒忘，這似乎不太公平。」

歌蒂勉強擠出微笑，「我沒關係，真的。」

她很慶幸看他們把武器拿起來帶走，也很慶幸花貓在一捆繩子上睡著了。她希望她可以入睡，但現在清醒得不得了。

要騙過阿沫並不容易，她能夠瞞騙過去純粹是因為他太想要得到那把劍。她沒有忘記該怎麼使用它，也沒有忘記在天大謊言期間所發生的任何事。她的雙手和心靈純熟地記得每個動作。

即使是現在，一部分的她仍想要跳起來，從朋友那裡搶過那兩把武器，用手握住劍柄，感受手中美妙的重量……

芙西亞。

天大謊言已經結束，但公主的聲音仍然留在腦海，她對戰爭和打鬥的熱愛也留了下來。

歌蒂緊咬著牙。雖然她對公主有諸多景仰，但是對戰爭的熱愛可不在其列。就她所見，戰爭主要帶來的，是平凡百姓無緣無故失去性命。

但是她現在知道，芙西亞算出來的命運也是屬於她的命運。火代表首輔，他威脅要消滅的人家是璀燦城，而她千萬不能猶豫。

麻煩在於，公主對戰爭的熱愛不是唯一隱藏在她體內的東西，還有狼嚎聲，在她抽劍的同時準備好爆發。因為它，她差點失手殺死耗子。要是再發生一次，她又可能殺了誰？

她打了個哆嗦，還是把武器送走比較妥當。

「嘿，公主。」史曼叫著，打斷她的思緒，「我真的像妳說的，是船長嗎？」

他已經掌舵穩穩地開了好些時候，顯然已經接受現況。但歌蒂知道他們必須提防他，就像他們必須提防龐斯一樣。她不會再讓自己被背叛了。

「我不是公主。」她大聲回答。

「那妳是什麼？妳是誰？」

歌蒂深深吸了一口氣。她不知道等他們回到璀燦城時會發現什麼，但是如果霍普護法所言不假，傭兵團已經大舉入侵，看來將會掀起一場腥風血雨的戰爭。而她和阿沫還有邦妮將會捲入其中。

對此，她不會像芙西亞一樣欣喜若狂。只要忍得下去，她不會使用任何一把武器，但是她也不會退縮，她會全力以赴，用自己的方式對抗首輔。

她是誰？她是什麼？她緊緊握著那只小鳥胸針，現在只有一個可能答案。

「我是歌蒂．羅絲。」她大聲說道，「我是鄧特博物館的第五名管理員！」

後記

與此同時，在璀璨城裡……是首輔最後一次被銬在桌子上。當然，守衛們不知道這是最後一次。他小心翼翼不讓他們看見他臉上閃過的殷盼笑容。

而他們，可笑不出來。史波克城沒有傳來進一步的消息，救援行動顯然出了差錯。孩子們失蹤了，甚至有可能已經死了。守衛彼此竊竊私語，想知道誰該為這件事負責。

他們責怪神秘的哈羅。在首輔的推波助瀾之下，他們責怪守護者。他們責怪每一個人，除了首輔本人。

這正是計畫該有的樣子。

頭幾聲槍響從遠處傳來的時候，他們差點嚇得跌在地上。首輔從他們的表情可以看得出來。槍聲？在璀璨城內？

「不必管我。」他喃喃地說，「我知道你們必須去看看發生了什麼事，那是你們的職責。儘管把我關回牢房裡，我會在那裡等你們回來。」

他們照著首輔的話去做。真是一群蠢蛋。他一直等到聽不見他們的聲音後，便大搖大擺走到牢房中央，這幾天頭一遭，他挺起胸膛站直了身子。那張虛偽的謙卑面具褪了下來，他把雙手舉向空中，開始放聲大笑。他是首輔，是神聖護法的領導，也是七靈神的發言人！

很快地，他的傭兵就會一路殺到他的身邊。待他們一釋放他，他就去會會他親愛的姊姊。

他再次放聲大笑，想起即將來臨的事，整個人容光煥發。這次肯定是守護者的末日！但是對他而言，一切不過是個開始……

國家圖書館出版品預行編目(CIP)資料

博物館之賊2謊言之城 / 蓮恩.塔納作；周倩如譯. -- 初版. -- 臺北市：春天出版國際, 2019.11
面；公分. -- (D小說；27)
譯自：City of Lies
ISBN 978-957-741-244-7(平裝)

887.157 108016737

D小說27

博物館之賊2 謊言之城

City of Lies

作　　者　蓮恩．塔納
譯　　者　周倩如
總 編 輯　莊宜勳
主　　編　鍾靈
出 版 者　春天出版國際文化有限公司
地　　址　台北市信義路四段458號3樓
電　　話　02-7718-0898
傳　　眞　02-7718-2388
E－mail　frank.spring@msa.hinet.net
網　　址　http://www.bookspring.com.tw
部 落 格　http://blog.pixnet.net/bookspring
郵政帳號　19705538
戶　　名　春天出版國際文化有限公司
法律顧問　蕭顯忠律師事務所
出版日期　二〇一九年十一月初版
定　　價　240元

總 經 銷　楨德圖書事業有限公司
地　　址　新北市新店區寶興路45巷6弄6號5樓
電　　話　02-8919-3186
傳　　眞　02-8914-5524
香港總代理　一代匯集
地　　址　九龍旺角塘尾道64號 龍駒企業大廈10 B&D室
電　　話　852-2783-8102
傳　　眞　852-2396-0050

ISBN 978-957-741-244-7 Printed in Taiwan